小学館文庫

# かすがい食堂

## あしたの色

伽古屋圭市



小学館

かすがい食堂
あしたの色



contents

本文イラスト／ながしまひろみ

デザイン／岡本歌織（next door design）

# かすがい食堂

## あしたの色

# 第一話　少女と嘘と白黒パンダ

――あなたのように若くて美しい女性が駄菓子屋にいるのは意外に思えます。

心地よく響く渋い声のナレーターがそう告げる。

「そうですかね――」子どもの相手をしながらわたしは照れ笑いを浮かべる。「でも、こう見えてけっこう体力仕事ですからね。ほら、子どもって元気の塊じゃないですか。それに負けないようにしなきゃいけませんから」

力こぶをつくってみせる。

――この仕事の喜びって、なんですか。

かわいらしい思案顔を一瞬浮かべたあと、やっぱり、とわたしは歯切れよく答えた。

「子どもの笑顔を見ることですかね。それだけで疲れとか、悩みとか、全部吹っ飛びますから」

画面いっぱいに爽やかな笑顔が溢《あふ》れる。

シーンが切り替わって夕焼けに染まる街路。歩いているわたしの横顔を捉《とら》えながら、美しいバイオリンの旋律が流れ出す。番組のテーマ曲だ。

──あなたにとって駄菓子屋とはなんですか。

「そうですね。駄菓子屋はわたしにとって──」

「おばちゃん！　おばちゃん！」

うららかな春の陽気のなか耽《ふけ》っていた妄想から、幼い声によって現実へと引き戻された。さすがにもう「誰がおばちゃんやねん」とは思わない。一年も経《た》てばおばちゃんと呼ばれることになにも感じなくなる。いいことか悪いことかはわからないけれど。

これ、と差し出されたのは定番中の定番、日本人なら誰もが知る棒状のスナック菓子だった。穴が開いているので棒状というより、ちくわ状か。昔と変わらずいまだに十円で販売しているのがすごい。

「はい。十万円ね」

ぼんやりしているうちに店のお客さんも増えてきていた。

　この子を皮切りに、ひっきりなしに子どもたちが商品を買い求めにくる。大忙しだ。狭い店内が賑《にぎ》やかな声に包まれていく。

　先ほどスナック菓子を突き出した男の子が、購入後もわたしのいる帳場のそばを離れず、接客の合間をついて尋ねてきた。

「おばちゃん、いくつなん？」

　おそらく小学三年生か——一年やってるとかなりの確度で見抜けるようになる——この春から見かけるようになった男の子だった。女性に年齢を聞くとはなかなかいい度胸をしている。けれど人間のできたわたしは爽やかに答えた。

「二十六歳だよ」

「仕事はしてないの？」

　これが仕事だよ！

「おばちゃんの仕事はここで駄菓子を売ることだから」

「でも、儲《もう》からないでしょ？」

　はうぁ！　頭のなかで十本の槍《やり》が体を貫いた。なんという恐ろしい子。きみのような勘のいいガ——お子さまは嫌いだよ。

「そ、そうだね。たしかにあまりお金になる商売ではないよね。ほ、ほら、仕事はお金がすべてじゃないとも言うでしょ」

「でも、お金にならないと生活できないでしょ」

さらに傷口を抉《えぐ》られたわたしをよそに、会話にも飽きたのか「まあいいけど」と捨て台詞《ぜりふ》を残して男の子は去っていった。

鋭く、身につまされる事実だった。そのあと接客をつづけながら浮かべた笑みは、少しばかり引きつっていたように思う。

わたしにとって駄菓子屋とはなんだろうと考える。妄想のなかで、わたしはどう答えようとしていたのだろう。


大学卒業後、ドラマづくりに携わりたいと強い憧れを抱いて映像制作会社に入社したものの、過酷な労働に耐えきれずドロップアウトした。夢と現実の狭間《はざま》に揺れた三年弱だった。

会社を辞めて無為徒食の日々を送っていたとき、自分の代わりに『駄菓子屋かすがい』をやらないかと声をかけてくれたのが祖母の春日井朝日《かすがいあさひ》だ。何十年とつづいていた店だったが、そろそろ畳んで隠居しようかと考えていたらしい。無理強いはしないし、やめたくなったらやめていいとも言ってくれた。

祖母が隠居を考えていたのは事実だろうけど、夢破れて、というより身も心も疲れて抜け殻のようになっていたわたしを気遣ってくれたのは間違いない。

無気力な生活から抜け出すべく、ありがたく祖母の申し出を受けて「駄菓子屋のおばちゃん」に収まった。とはいえ、当初は失礼ながら〝心と体のリハビリのため〟くらいの軽い気持ちだったのは事実だ。

ところがひょんなことから、店で子ども食堂の真似事《まねごと》をやるようになった。それまでろくに料理をつくったこともないのに、である。さまざまな事情を抱えた子どもに限定し、ともに買い物をして料理をするという一風変わった、その名も『かすがい食堂』だ。

駄菓子屋のおばちゃんも、かすがい食堂の運営も、いまはすごくやりがいを感じている。

しかし、駄菓子屋が赤字を垂れ流しているのは紛れもない現実だった。

もとより利益度外視で、子どもたちの笑顔のためにと祖母は店をつづけていた。道楽、趣味、あるいは慈善活動みたいなものである。

駄菓子以外にカプセルトイや少し値の張る玩具類も扱っているし、土地建物は祖母のものなのでコストは最小限に抑えられている。文字どおり大人買いしてくれる大人も訪れる。それでも十円二十円の駄菓子屋稼業で、人を雇えるほどの利益が出るはずもない。つまり、わたしのお給金の一部は祖母の持ち出しである。

一年が経って、これからもこの仕事をつづけたいと強く思うようになった。いつまでも祖母に甘えるわけにもいかない。

仕事はお金がすべてじゃないと言い訳せずに済むくらいには、これがわたしの仕事だと胸を張って言えるくらいには、稼ぐ手立てを考えなくてはならない。最近、わたしの頭のなかを占めているのはそんな思いだった。

とはいえ、言うは易《やす》く行うは難《かた》し、なのである。

「楓子《ふうこ》さーん」

ほがらかな声で呼ばれ、わたしは声の主を見やった。人なつっこい笑みの少女が手を振っている。この春から高校二年生になった上村《うえむら》夏蓮《かれん》だ。

制作会社のころに知り合った子役だったが、摂食障害を患い、事務所を辞めてしまった。縁あって再会し、去年の秋からかすがい食堂を利用している。まだ完全とは言えないものの病状はかなり改善し、見た目はすでに以前と変わらないものに戻っていた。

「早いじゃない」

かすがい食堂は店を閉めたあとからなので、まだ少し時間がある。

「へへー。なにかやることとあります？」

夏蓮は時間に余裕があるときはこうして早く来て、店を手伝ってくれたり、料理の下ごしらえをやってくれたりする。本当にいい子だ。

「ちょうどよかった。きみには任務を与えよう」

「ははっ」敬礼のポーズ。「長官。その任務とは」

「手が青臭くなるやつ」

「それは嫌だなー、長官」

にへらーと夏蓮は笑った。

本日のかすがい食堂の献立は豆ごはんだ。それも、うすいえんどうを使った関西風豆ごはんである。

所狭しと駄菓子が並ぶ店の奥には、台所があり、一段高くなった四畳半の座敷が存在している。かつて駄菓子屋かすがいでは、もんじゃ焼きなど簡単な食事も提供していた。しかしいまは小売りだけとなり、店の奥の飲食スペースは大きなのれんで目隠しがされている。子どもたちと料理や食事をするかすがい食堂は、この場所を利用して開かれていた。

夏蓮には祖母とともに、店の奥でさやから豆を取り出してもらう。けっこう楽しい、と喜んで任務をこなしてくれた。

基本的に料理に使う食材はみんなで買い物に行くのだけれど、うすいえんどうを売っている店は関東にほとんどないので、これは本場和歌山から送ってもらったものだ。祖母と夏蓮による豆ごはんの仕込みが終わったころ、華奢《きゃしゃ》な体型の子が「こんにちは」と姿を現した。

小学五年生の関翔琉《せきかける》で、かすがい食堂をはじめるきっかけとなった子である。おとなしく、自己主張はほとんどしないけれど、かといって周りに流されるわけでもない、独特の空気感を持っている男の子だった。

「いらっしゃーい。今日もよろしくねー」

うん、と小さくうなずく。これでもずいぶんと打ち解け、すっかりこの場にも馴染《なじ》んでくれた。

そして店じまいしたのを見計らうように、最後に井上亜香音《いのうえあかね》がやってくる。今年の二月からかすがい食堂に通いはじめたばかりの中学一年生だ。

こんちはー、といつものように冷静と情熱のあいだの極めて普通な調子で入ってきた彼女を見て、わたしは「ん?」と目を細めた。正確には彼女の隣にいる人物を見て、である。

亜香音は隣の子に親指を向けた。

「楓子姉さん、ひとつ頼みがあるんやけど。今日のかすがい食堂に、彼女も参加させてほしいねん」

背の高い、大人びた雰囲気のある女の子が首だけで軽く頭を下げる。ジーンズを穿《は》いていて、両手は羽織ったパーカーに突っ込んだままだった。居心地の悪そうな、面倒くさそうな顔をしている。

その子には見覚えがあった。というか見た瞬間に思い出した。

亜香音と知り合うきっかけとなったのは、彼女がイジメを受けていたからだ。そのときいじめっ子のリーダー格だと思えたのが、この長身の女の子だった。結果的にイジメは勘違いだったのだが、それでもふたりは友達とは呼べない関係で、中学に進学しても付き合いがつづいているのは意外に思えた。

そのときの亜香音の言によると、裕福な家の子どもだったはずだ。ふたりがいっしょにいること以上に、彼女がかすがい食堂になぜやってきたのかが疑問だった。

「それはかまわないんだけど、なにか事情があるのかな」

豆ごはんは充分な量があるし、問題はないなとすばやく考えながら答えた。

口を開きかけた亜香音を制して、長身の子が告げる。

「いま家出中だから。嫌ならべつにいいよ」

家出？　予想外の答えに面食らいつつ、笑みを浮かべる。

「とんでもない、歓迎するよ。かすがい食堂のルールは知ってくれてる？」

「亜香音から聞いた。一食二百円。その代わり買い物も料理も手伝わされるんでしょ」

手伝わされるのではなく、みんなでいっしょに楽しむのだと訂正したかったがやめておく。

「だいたいそんな感じ。名前を教えてもらってもいい？」

「水島彩希《みずしまあき》。彩りに希望の希で彩希。サキじゃなくてアキ」

「わたしは春日井楓子。よろしくね。とりあえず買い物に行こうか」

元気よく手を叩《たた》いた。

子どもたちに束《つか》の間《ま》の居場所と、温かい食事、そして気軽に話や相談ができる場所を提供するのがかすがい食堂の役目だ。いまはまだ詳しい話を聞き出す必要もない。

人数が多いときはふたりだけを連れて買い物に行くことが多く、今日は亜香音と彩希とともにいつもの商店街に向かった。

「そろそろ学校がはじまって十日くらいだっけ。もう慣れてきた？」

　どちらにともなく語りかけたが、やはり答えたのは亜香音だった。

「まあ、ぼちぼちかな。授業もそうやけど、校内の雰囲気がやっぱりぜんぜん違うなーって感じるよね。みんな制服着てるし、子どもがおらへんし」

　いやいやみんなまだ子どもでしょ、とは思うものの、言いたいことはわかった。やはり小学校と中学校ではがらりと雰囲気が変わる。次いで彩希に語りかけた。

「水島さんは家で料理を手伝ったり、買い物に行ったりはするの？」

「するわけない。うちはお手伝いさんがつくってるし」

「すごいね！」

　裕福だとは聞いていたけど、家事代行を雇うほどだとは思わなかった。以前、亜香音から聞いた話を思い出す。

「たしかよく学校帰りにいろいろ買って食べてるって聞いたけど、もったいないじゃない。だって絶対おいしいでしょ」

「まあ、ね。でも、食事とおやつは別だから」

「どんなものを買うの？」

「コンビニでお菓子とかアイスとか。あとはハンバーガーとか。って、そんなことどうでもいいじゃん」

「ごめんごめん。でもそうなると今日の料理は緊張するね。水島さんのお口に合うかな」

とはいえ、今日は豆ごはんがメインなので、おかずはお肉屋さんのコロッケと、サラダ用の野菜を買うだけの予定だ。青果店で物色し、春らしく新玉ねぎと菜の花を選んで帰路につく。

今日の料理は作業量も少なく簡単なので、豆ごはんで活躍してくれた祖母と夏蓮には休んでもらうことにした。

亜香音と彩希にはサラダを担当してもらい、わたしと翔琉でみそ汁をつくる。

最初はまったく料理のできなかった亜香音だけれど、呑《の》み込みが早く、いまでは簡単な指示だけでてきぱきと動いてくれるようになっていた。以前「料理って有用性と汎用性が異常に高い最強スキルやと思うねん。それをタダで教えてもらえるんやから、ほんとありがたい」と言っていて、彼女らしいなと笑ったことがある。

たしかに料理ができればいろんな面で役に立つし、生涯にわたって得をする。

現代では料理ができずとも不便はないし、それを引け目に感じる必要も、否定する理由もないとは思う。けれど料理を知っていれば、たとえ出来合いで済ますときでもちょっとした工夫を凝らせるし、生活の満足度は確実に高まるものだ。わたし自身、昨年二十五歳にして初めて料理を知った人間だから、それは身に沁《し》みて実感できた。自分が好きなものを、好きなようにつくれるのはやっぱり楽しい。

みそ汁の具はちょいと贅沢《ぜいたく》にアサリを予定していた。事前に砂抜きをしておいたアサリでみそ汁をつくる。

炊飯器からいつもより香り高く、甘い蒸気が立つ。

すべての料理が完成し、座敷に置かれた長方形のちゃぶ台に並べられる。六人で卓を囲み、手を合わせた。

「いただきます！」

さっそく炊き上がったばかりの、ほくほくの豆ごはんを口に運んだ。はふっ、と口から蒸気が出る。舌で押しただけで豆がつぶれて、青みと甘みがこぼれだす。

おいしい！　と、まっさきに言ったのは夏蓮だった。

「楓子さん、これおいしいです。すごくおいしいです」

口調から興奮が伝わってくる。自分の好きなものが人にも理解してもらえると、やっぱり嬉《うれ》しい。

「でしょ！　関東では馴染みがないんだけど、うちでは昔っから豆ごはんと言えばうすいえんどうなんだよ」

夏蓮は二口目を運び、真剣な顔で咀嚼《そしゃく》する。

「皮が、薄くてやわらかいんですね。だからグリーンピースみたいなコリコリ感がなくて、ごはんとすごく馴染んでる。豆も大粒でほくほくしてて、甘みも深くて上品な感じ。本当に、おいしいです」

最後の言葉にはしみじみと実感が込められていた。

「これを知ったら、ほかの豆ごはんは食べられなくなるんだよ。でも、なんでか関東ではぜんぜん売ってくれないんだよね」

わたしは生まれも育ちも東京だ。そして祖母の朝日、その娘である母も江戸っ子である。しかし父が和歌山の生まれだった。うすいえんどうの一大産地だ。

それもあって我が家では、父方の親戚から届くうすいえんどうを使った豆ごはんが春の風物詩だった。料理をつくって食べさせてくれるのは祖母だったが、とにかくこれが普通の豆ごはんだとわたしはずっと思っていたし、大好物だった。春になってうすいえんどうが届くと大喜びして、手が青臭くなるのも厭《いと》わず、さやから豆を取り出す作業を珍しく率先して手伝ったものだ。

まるで料理をしなかったこともあり、東京では馴染みのない食材だと知ったのはわりと最近のことだった。

「そもそも、東京では豆ごはん自体があんまりメジャーじゃないんだよね」

「ですね。わたしはわりとグリーンピースの豆ごはんを食べてましたけど、ほとんど食べたことがなかったり、嫌いだって人も多いかも。これはもっとひろまるべきです」

妙な使命感に満ちた声だった。夏蓮はすっかり気に入ってくれたようだ。

「亜香音はどう？　おいしい？」

尋ねると口いっぱいに頬張ったままこくこくと首を揺らした。亜香音はやたら頬張る癖が残っているものの、かつてのようにがつがつとよく嚙《か》まずに食べる悪癖は改善されつつあった。大きくうなずくように飲み込む。

「うん。めっちゃおいしい。豆ってこんなに甘くておいしいんやな」

彼女は昨年まで兵庫に住んでいたが母親がほとんど料理をしない人で、親類などとの繫《つな》がりもない。それもあって今回が初めての豆ごはんだと聞いていた。

「水島さんはどうかな」

「うん、まあ、まずくはないけど、あんまり好きじゃないかな」

ひやりとするほどぶっきらぼうな物言いだった。

「そっか。無理して食べなくていいからね。普通の白米がいいなら用意はしてるよ。パックのやつだけど」

トラブルや足りなくなった場合に備えて、レンジでチンするだけのいわゆるパックごはんは常備している。

「べつにいい。食べたくないほどじゃない」

「そっか。ならよかった」

不機嫌そうに食べる彩希の様子は、見ていて正直気持ちのいいものではなかった。一年前であれば叱《しか》るとまではいかずとも、苛立《いらだ》ちを覚えていたかもしれない。でも、みんないろんな事情がある。それを改善するのはけっして叱責《しっせき》や小言でないことを、いまは知っている。

最後に見やった翔琉はいつもどおり黙々と一定の速度で食べていた。もとより好き嫌いがなく、感情を露《あら》わにしない子どもだけれど、表情でわりと気に入ってくれているなとわかる。

姿勢がよく、箸の持ち方も完璧《かんぺき》で、コロッケやサラダ、みそ汁にも一定の間隔で手を伸ばす、お手本のような三角食べだ。あまりにも規則正しいので、むしろもうちょっと自由に食べてもいいんだよと言いたくなる。彼もこの一年で大きく変わったひとりだった。

取り留めのない雑談を交わしながら食事も半ばを迎えたころ、なるべく気安い感じで彩希に声をかけた。

「家出のこと、もしよかったら話してくれる？　わたしたちで力になれることもあるかもしれない」

食事をつづけながら、投げ捨てるように「髪の毛」と彩希は告げる。脈絡がなく、なんと言ったのか咄嗟《とっさ》には理解できなかった。

「髪、染めたんだ。そしたら教師にも、親にも、ごちゃごちゃ言われて。なんかもう、腹が立って」

緩くウェーブのかかった彩希の髪を見ると、たしかに色が明るかった。大人基準で考えると茶髪と呼ぶのも憚《はばか》られるほど控えめなものだったが、黒髪とは言いがたい。

自身の正当性を信じているためか、彩希は質問に素直に答えてくれた。

家は両親と、幼い弟の四人暮らし。わりと放任主義らしく、勉強などについてもあまりとやかく言うことはないようだ。

彩希は春休みのあいだに、市販のヘアカラーを使ってこっそりと髪を染め、学校では〝地毛〟で通そうとした。しかし目論見《もくろみ》は失敗し、校則に違反していることから教師から叱責を受ける。さらに教師から連絡が届いた親からもこっぴどく叱られ、それで家出をした、ということらしい。


「家出は何日目？」

「今日で二日目」

「亜香音の家に泊まってるのね」

「いまんとこ、そうだね」

「学校は？」

今日は金曜日なので、土日を挟んだわけじゃない。

「行ってる」

「家族は、友達の家に泊まっていることは知ってるんだね」

「まあ、どうしたって必要なものを取りに戻らなきゃならないし、そうすれば顔を合わせることになるし。変に騒がれても面倒だから。どこにいるかは言ってないけど」

ひとまず深刻な状況ではないようで、その点はひと安心する。けっして自棄《やけ》にはなっていない。親と大喧嘩《おおげんか》して、顔を合わせたくないがゆえの家出なのだろう。

祖母がそっと尋ねる。

「髪の毛を、そんなに染めたかったのかい」

「そういうことじゃない」苛立ち交じりに彩希は答えた。「こんなくだらないことで怒られなきゃいけない理由がわからない。髪を明るくしたら、誰かに迷惑をかけるの？　先生も、親も、考え方が古すぎる。理解できない」

「あたしの、正直な気持ちを言うよ。あなたみたいな若い子が髪を染めるのは好きじゃないね。若いうちは自然のままがいちばんきれいなんだから。あたしみたいに歳《とし》を重ねると、いろんな力に頼らなきゃいけなくなるけど」

祖母はくくっと笑ったが、彩希はまるで表情を緩めない。

「わたしには、わたしの考え方がある」

「でも、校則で禁止されているんだろ。集団活動にはルールが必要だし、わがままを許していたら収拾がつかなくなっちまう」

「だから、そのルールが理解できない。さっきも言ったけど、誰にも迷惑かけてないじゃん」

「だからって横紙を——自分の好き勝手に振る舞っていいもんじゃないだろ」

彩希はむすっと黙り込んだ。

祖母の言い方は優しく、けっして叱りつけるような口調ではなかった。しかし彩希とすれば、理不尽なルールを無理やり押しつけようとするほかの大人と同じだと思っただろう。

この流れはよくないなと思ったとき、救世主のように夏蓮が降り立った。

「ずるい言い方かもしれないけど、わたしは朝日おばあちゃんの言いたいことも、彩希ちゃんの言いたいこともわかるつもり。納得、できないよね。でも、だからといって自分が正義だと頑《かたく》なになって周りの人間と衝突しても、なにも変わらないと思うんだ。悔しいとは思うけど、いまはルールに従ったうえで、納得できないことは納得できないと、先生や親と話し合っていくしかないと思う」

うまい！　と心のなかで叫ぶ。豆ごはんもう一杯！

しかし彩希はそんな救世主をじろりと睨《ね》めつけた。

「いかにも優等生の意見だね。そういうのがいちばんうっとうしい」

夏蓮があからさまにダメージを受けていた。いま彼女の頭のなかでは「うっとうしい」がリフレインしているだろう。傷は深い。たぶんしばらく再起不能だ。

仕方がない、とリングに上がる。彩希には大人の理屈や正攻法ではなく、現実的な話だ。

「たしかに、いまどき髪を明るくしたくらいでごちゃごちゃ言うのは時代錯誤だと思うよ。でもさ、なにも中学生のうちから髪をいじめる必要はないよ。あとあと苦労するんだから」

「そんなのわたしの勝手じゃん」

「かもしれない。でもさ、ある日突然親が金髪にして、暴走族みたいな恰好《かっこう》で授業参観に来たらどうする？　わたしの勝手じゃん、って言ってさ。嫌でしょ」

「嫌だけど！　たとえがむちゃくちゃすぎる」

「それは認める。でもね、見た目ってやっぱり大事なんだよ。状況に応じて、求められる見た目や振る舞いがあるってことが言いたいの。たとえば中学生がピンクや青色に髪を染めてたら、眉をひそめる人は多い。大人だけじゃなくて、あなただって近づかないでおこうって思うでしょ」

「だから、たとえが極端」

「でも、髪を染めるという意味ではいっしょだよ。じゃあどこまではオッケーなのかって言い出したら切りがないしさ」

「わたしはべつにいいと思うよ、髪をピンクにしたって。だいたいさ、おかしくない？　人を見た目で判断するなって言いながら、人を見た目で判断してるのは大人のほうじゃん」

んぐ、と怯《ひる》む。思いのほか手強《てごわ》い。

その一瞬の隙を見て祖母がリングに上がってくる。タッチ交代だ。

「誰が言ったか知らないけれど、それは間違っているよ。人は見た目で判断するしかないんだよ。だって人生で出会うすべての人と親交を深めて、たっぷりと語り合って、じっくり人となりを知ることなんてできないだろ。その場その場で、立場や人間性を見極めなきゃいけない場面ばかりなんだ。一瞬で、この人は性格が悪そうだ、この人は信用しないほうがいい、この人は暴力的だ、この人は常識がない、とかって判断することが求められるの。その材料になるのは、まず見た目なんだよ」

「それは……」初めて彩希が言い淀《よど》む。「だとしても、間違うこともある。わたしはピンク髪だからって偏見の目で見たくない」

「そのとおりだよ。間違うことはある。でも、人間の直観はバカにならないよ。かなりの確率で大ハズレはしないもんさ。どっちにしてもひとりひとりに時間はかけられない。見た目で判断するしかないし、そのほうが人生はうまくいく。それが現実なんだ」

「だとしても、先生や親がわたしを見た目で判断するのはおかしいじゃん」

「そうだね。でも、あなたはこれから社会に出ていかなきゃならない。いまはその準備期間なんだ。社会に出たら『あたしの本質を見て』なんて言い草は通らないんだよ。世の中の他人は、あなたの先生や親じゃないんだから」

子どもも相手だからもう少し優しい言い方を、とは思ったけれど、祖母の言っていることは一面の真実を捉えているとわたしも思う。

逆の例にはなるけれど、ピンク髪のおしゃれなヘアメイクさんやスタイリストさんは普通にいて、それはそれで見た目を武器にしているのだ。わたしはおしゃれですよ、だからいい仕事をしますよ、と。でもピンク髪で営業職の面接に行っても採用される可能性は低いだろう。真《ま》っ青《さお》に染めた髪で会社説明会に行けば、眉をひそめる担当者は少なくない。いい悪いではなく、それが世の中の現実だ。

大人になれば、社会に出れば、見た目を武器にする必要に迫られる。見た目で損をするのは本当にもったいないことだ。

彩希はコロッケを箸で摑《つか》むと、大口を開けて、はむっ、と半分近くを頰張った。

「三対一は卑怯《ひきょう》だ」

そこ？　と思ったけれど言い得て妙で思わず噴き出しそうになった。すかさず祖母が反論する。

「しゃべるのは呑み込んでから」

そこ？

「まあまあ――」ちょっと笑いそうになりながらわたしは両手を振った。「この論争に答えはないだろうし、何度も言うように水島さんが納得できないのもわかるよ。おしゃれしたい気持ちもね。わたしたちはあなたの家庭のことに口出しはできないし、これ以上なにかを言うつもりもない。

でも、どっちにしても家出はやっぱりよくないし、親に心配かけるのもよくない。それはわかってほしいかな」

うん、と意外と素直にうなずいたあと、彩希は付け加える。

「おもしろかったよ。悔しいけどちょっと納得もした。ちょっと、だけどね。先生も、親も、理屈じゃなくて、頭ごなしに言いくるめようとするばっかりで。それがいちばん腹が立ったし、がっかりした」

彩希がいちばん子どもっぽく見えた瞬間だった。

かたわらでは言い合いなどまるで存在していなかったように翔琉が食事を終え、箸を置いて手を合わせていた。亜香音も議論などどこ吹く風と食事に夢中だ。いろいろたくましいな、と微笑《ほほえ》ましく思う。

そして夏蓮はまだダメージを引きずっていた。

＊

「ありがとうございました」

大学生と思《おぼ》しきふたり組の女性客を見送るついでに見やった前の通りは、すでに暖色を帯びはじめていた。

こんなところに駄菓子屋あるんだー、なつかしー、と大人客が入店することはままある。そして金額もそうだが、購入する商品も子どもとは明確な違いがある。息の長い商品で、その人たちが子どものときから存在する駄菓子を買う。大人が買っているのはお菓子ではなく、思い出なのだ。

駄菓子をネット通販できないものか、とは最近ずっと考えていた。もちろんターゲットは大人である。

売上を伸ばす方法としてそれ以外には思いつかなかったし、実現自体のハードルはさほど大きなものではないだろう。

とはいえ、すでにネット上には駄菓子を売っている店が山のようにある。うちみたいな個人商店が出したところで値段では勝てないし、そもそも目に留まるとも思えない。売るためには、なにか仕掛けが必要だ。その答えがなかなか見つからない。

「そろそろ閉めるかー」

伸びをして、入口の引き戸に手をかけたとき電話がかかってきた。個人のスマホのほうで、夏蓮からだ。

「あっ、楓子さんですか。わたしいま北千住《きたせんじゅ》にいるんですけど」

早口で、声には切迫感が詰まっていた。ただならぬ様子にスマホを持つ手に力が入る。

「どうしたの？」

「彩希ちゃんが、若い――若いと言っても二十代後半くらいですけど、男の人と歩いているんです。いま、そのあとをこっそり追ってて」

たしかに街中を歩きながら話しているのが、かすかに聞こえる街のざわめきなどから感じ取れた。今日は月曜日なので、彩希がかすがい食堂に来てから三日が経つ。あのあとどうなったのかは聞いていなかった。

「その、男の人って？」

「わかんないですけど、少なくとも親ではないし、きょうだいとか親類って感じでもないんですよね。はた目にもよそよそしい距離感があって。今日初めて会った、みたいな。これって――」

「パパ活？」

ふたりの声が揃《そろ》った。あっ、と夏蓮が口の先で叫ぶ。

「カラオケボックスに入りました。どどうしたらいいですかね」

突然のことにわたしも混乱しながら必死に考える。カラオケ店なら個室であっても防犯カメラがあるし、そこでは男も変なことをしようとは思わないだろう。たぶん……。

とにかく、夏蓮をひとり危険な目に遭わせるわけにはいかなかった。

「わかった。すぐに行くから、そこで待ってて。出入口は一ヵ所だけだよね」

「そう、ですね。はい、ここで見張っていれば見逃すことはないはずです」

「わたしが行くまで、絶対に動かないで待つこと。もしなにかあったらすぐに電話して。あっ、ちょっと待って。もし可能なら、男の人も呼んだほうがいいかもしれない。強面《こわもて》の同級生とか」

最後は少し冗談っぽく付け加えた。相手は若い男だし、女だけで乗り込めば襲ってくる恐れがある。男がいれば相手も怯むはずだ。

「わかりました。あたってみます」

「お願い。わたしは三十分くらいで着くと思う」

場所の説明をしようする夏蓮を、「あとで聞く」と制し、とにかく店じまいを急ぐ。電話を切って引き戸を閉めようとすると、やにわに声をかけられた。

「あ、すいません。まだ、やってます?」

若い男性が店内に視線を飛ばす。

「ごめんなさい!」勢いよく両手を合わせる。あまりに大きな音が鳴ったので相手は驚いていた。わたしも驚いた。「日本の平和を守るため本日は閉店です!」

「は、はあ……」曖昧《あいまい》にうなずき、つぶやく。「なら、しょうがないですね」


祖母にすばやく事情を伝えてあとを頼むと、駅前まで自転車を飛ばした。駅のホームで電車を待つあいだに夏蓮と連絡を取り、カラオケ店の場所を確認する。

その電話で彼女の父親が駆けつけてくれることを知った。

わたしとの電話を切ったあと、夏蓮が家族との連絡に使っている共有メッセージアプリに、ちょうど父親から「いまから帰る」というメッセージが入ったらしい。会社は北千住からそれほど離れていないし、帰路の途中でもある。父親に事情を説明すると、すぐに向かうと言ってくれたようだ。

幅の広い歩道の、街路樹のそばに夏蓮は立っていた。読みどおり、二十五分ほどでの到着だ。ほぼ同時に彼女の父親もやってきた。

おそらくは五十前後だろうか、短髪で、実直そうな顔をしている。さほど背は高くないがスーツ姿の上からでもがっちりした体格であることがわかる。

お久しぶりです、と挨拶する。以前いちどだけ、母親とともにかすがいまで挨拶に来てくれたことがあったので面識はあった。

「わざわざありがとうございます。状況はおおむね把握しておられますか」

「ええ。道中で娘から詳しく。以前かすがい食堂に来た子らしいですね。いわゆる、その、パパ活とかいうものではないかと」

最後の言葉はやや気恥ずかしそうに父親は告げた。

「きょうだいは弟だけのはずですし、状況的にも疑いは濃いです」

手短に話し合う。客でもないのに勝手に店内を歩き回るわけにはいかないし、見つけるのに時間もかかる。フロントに事情を説明し、ふたりの部屋番号を聞き出すのがいちばん早いだろうと結論を出した。とはいえ、彩希との関係を説明するのは難しいし、三人とも紛《まが》うことなく他人でしかない。ここは嘘《うそ》も方便。家出中の娘を捜している家族、という体《てい》で行くことにした。

若干わたしの役どころが謎だが——姉にしては歳が離れすぎ、母親にしては若すぎる——細かいことは気にすまい。

交渉役は、実質的に引退状態にあるとはいえプロの役者である夏蓮におまかせする。彼女も「まかせてください」と胸を叩いた。

さっそく入店し、フロントに向かう。

いらっしゃいませ、という言葉にかぶせるように夏蓮がカウンターに乗り出す。

「あの、三十分ほど前に、中学生くらいの女の子と、三十前くらいの男の人がふたりで来ましたよね」

「え？　あの、お客さまはどうい——」

「妹なんです！　家出して、ずっと捜してて、それでさっきこの店に入ったところを見たと連絡があって」

息せき切って早口で告げながら、わずかに声が震え、焦りと動揺がたっぷりと込められている。それでいて嘘くささがまるでなく、なんちゃって役者だった自分には絶対にできない演技だなと感心する。

「え、でも——」

フロントの彼女はアルバイトなのだろう、困ったように周りに助けを求めるが、もうひとりいた若い男も眉尻を下げるだけだった。

「外から確認だけでもさせてください。もし違っていたらすぐに帰りますから。ご迷惑はおかけしません。妹といっしょの相手は、おそらく見知らぬ男性です。どういう意味かわかりますよね。なにかあってからでは遅いんです！」

お願いします、とわたしと父親も加勢する。勢いに飲まれたのか「わ、わかりました」と店員は承諾してくれた。カウンターの下で夏蓮と密《ひそ》かにグータッチする。

ひとまず外から確認するだけですよ、と念押しする店員を先頭に、狭い階段を上る。

案内された部屋の扉には縦長のガラス窓があり、容易になかの様子が窺《うかが》えた。

すぐに彩希だとわかった。顔がはっきり見えたので間違えようがない。あのときのパーカー姿ではなかったけれど、下にジーンズを穿いているのはいっしょだった。座ったままマイクを握って体を揺らし、その歌声は扉越しにもはっきりと聞こえた。

向かいに座って手拍子をしている男は白無地のシャツで、清潔な恰好をしている。つばのある帽子をかぶっているため目もとは見えないが、うっすらと笑みを浮かべているのはわかった。

間違いないです、と小声で周りに伝え、躊躇《ちゅうちょ》なく扉を開ける。

歌声が止まり、ふたりの視線が突き刺さった。

「水島さん、こんなところでなにをしているの。その男の人は誰？」

直後に見せた男の行動は驚くほどに機敏だった。かたわらに置いていたリュックを摑むと、扉に向かってダッシュし、運悪く出入口を塞《ふさ》ぐ恰好になっていた夏蓮の父親を突き飛ばして逃げていく。父親はたたらを踏んで廊下に尻餅をついた。

呆気《あっけ》に取られ、あとを追うという発想すら生まれなかった。

カラオケだけが虚《むな》しく響く室内で、歌声の代わりに彩希のため息がスピーカーから流れた。

四人は喫茶店に移動していた。

テーブルにわたしと彩希が並び、向かいに夏蓮と父親が座っている。

相手の男はやはり、アプリで見つけた人物だったようだ。「いっしょにカラオケに行って、食事をする」という約束で、彩希は一万円の〝お小遣い〟を受け取る約束であった。後払いだったので貰《もら》ってはいないようだが。

相手の男が親類や知人で「勇み足だったね。わっはっはっ」というオチもあるかと考えていたけれど、現実はなんの捻《ひね》りもない結末だった。夏蓮の鑑識眼は間違っていなかったということだ。

水島さん、と呼びかけたし、男はわたしたちを巡回中の教師だと思ったかもしれない。あるいは相手の正体はわからないが、ここはとにかく逃げるべきだと瞬時に察した。その判断の速さには舌を巻くが、となればきちんと職に就いている会社員で、しかも常習犯か。

不意を突かれたとはいえ、あのどっしりした父親が突き飛ばされるのだから、どれほど必死だったのかと驚くやら呆《あき》れるやらである。そこにいたのが夏蓮でなくて本当によかったと思う。

逃げた男のことは放っておくつもりだった。父親に怪我《けが》はなかったし、彩希とのあいだで金銭の授受は発生していなかったからだ。幸い身体的な接触はなく、下品なことも言われていないようだった。素性を割り出せるとは思えないし、見つけたところで大した罪に問えるとも思えない。

不機嫌そうに彩希が説明を終えたあと、いきなり夏蓮の父親が「なにを考えてるんだ！」と大声を上げた。

「きみはもう中学生だろう。やっていいことと悪いこともわからないのか！」

テーブルを叩きこそしなかったものの、相手を威圧するのに充分な怒声だった。彩希は顔をしかめて縮こまる。しかしそれは反省ゆえでなく、明らかに「めんどくせえおっさんだな」という心の声が漏れ聞こえるしかめ面だった。

　ひとまず角が立たないように「まあまあ――」と場をとりなした。

「大声を上げても萎縮《いしゅく》するだけですから」次いで彩希に言葉を向ける。「まだ家出はつづけてるの？　それでお金が必要だったのかな」

「家出はもうやめた」

「よかった。でも、だったらお金は必要ないよね。あなたの家は裕福なんだし、充分なお小遣いをもらっているはずでしょ」

「べつに、家が裕福だからって、小遣いが多いとはかぎらないじゃん」

　父親が口を挟む。

「遊ぶお金が欲しかったのか」

「まあ、そんなところ」

「自分がどれほどみっともないことをしたのかわかっているのか。日本女性として恥を知りなさい、恥を！」

　それはちょっと違うよね、とわたしは密かに眉をひそめる。それ以上に彩希はカチンときた目で父親を睨《にら》んだ。

「べつにおっさんとカラオケ行っただけじゃん。それ以上のことをするつもりはなかったし、させるつもりもなかった。なに変なこと考えてんのエロオヤジ」

「エロ……」父親が固まる。

二度目の、まあまあ。

「あのね水島さん、一万円の意味がわかる？　それが相場より高いのか安いのかはわたしにはわからないけど、普通に一万円を稼ごうと思えば、本当に、本当に大変なんだよ」

しみじみと実感が籠《こ》もる。一日駄菓子を売って、どれだけの粗利益が出るのか教えてあげたい。

「男だって、当然一万円の価値はわかってる。どれだけ重いお金かわかってる。だから元を取ろうとしてくる。相手は子どもだし、これがまっとうな契約ではなく、うしろめたさはお互いさまだとも思ってる。だから少々むちゃなことをしたって抵抗できないと考えるし、捕まることもないと知ってるの。だからこその一万円、常識外の金額なのよ」

夏蓮があとを継ぐ。

「もし仮に今回なにごともなかったとしても、いつか必ず危険な目に遭う。そのときになって初めて、この程度のお金のために、なんてバカなことをしたんだろうって後悔することになる。

このあいだたまたまいっしょに食事をしただけの、知り合いとも言えない関係かもしれない。でも、わたしは彩希ちゃんにそんな思いはしてほしくない」

切々と訴える夏蓮の言葉には演技ではない優しさが込められていた。さすがの彩希も自らの行為の愚かさに気づいたのか、殊勝に目を伏せ「うん……」とつぶやいた。

父親はさらになにかを言おうとしたけれど、目と仕草で制した。すでに自らのおこないを省みたのだから、これ以上の説教に意味はなく、逆効果になるだけだ。残っていたコーヒーを飲み干す。

念のため、もう二度とこのようなことはしない、と約束させて、今日のことは親にも学校にも伝えないことにした。

父親は「親には伝えるべきではないか」と主張した。「わたしたちは水島彩希くんのことに責任は持てない。もし今後なにかがあったら、伝えないことは問題ではないか」という理由も納得のできるものだった。人の親として当然の考えだし、正しい意見だとも思う。

しかしもし親に伝えれば、彩希はまたこっぴどく叱られることになるだろう。それがいい結果をもたらすとは到底思えなかった。

ひとまず今回はわたしに一任してほしいとお願いし、父親も呑んでくれた。

北千住駅のロータリーで上村親子と別れ、同じ電車に乗って彩希を家まで送り届ける。

最寄り駅で降りて、薄暗い住宅街をふたり歩いた。昼間ににわか雨が降ったためか、寒の戻りを感じさせる夜だった。

冷たい風が吹き抜けて髪を乱した。手櫛《てぐし》で整え直しながら、ふと思い出す。

「そういえば、髪のことはどうなったの？」

家出は終わったということだし、なんらかの決着は迎えたはずだ。これまで彩希の髪色には気を留めなかったし、いま見てもこの薄暗がりではよくわからない。

「うーんと、いちおうもう染めないってことで。そんな目立つわけでもないから、黒く染め直されることはなかった」

「そっか。よかったじゃん」

「よかないよ。早く大人になりたい」

「気持ちはわかる。でも大人になったらなったで、学生時代はよかったって思うもんなんだから。そんなものだよ」

「じゃあ、中学生に戻りたい？」

んー？　と自分の中学時代を振り返る。学校にも家庭にも取り立てて大きな問題はなかったたし、勉強は好きじゃなかったけれど、学校に行きたくないとまでは考えなかった。それはとても幸せで、恵まれていたのだといまになってわかる。それでもあの時代はいろんな鬱屈《うっくつ》を抱えていた気がする。中学生とはそういうものかもしれない。

「いやさ――」痺《しび》れを切らした彩希が告げる。「雑談みたいな質問だし、そんな真剣に考えなくていいから」

「たしかに」彼女の言い方がおかしくて、思わず噴き出した。「でも、戻りたくはないかな。いまがけっこう楽しいし、なんだかんだ人生に後悔はないし」

「あんたもほんと、変な大人だね」

「そうかな」

いしし、と笑ったところで彩希が十字路で立ち止まった。右手を指さす。

「わたしの家、この先すぐだから。ここでいいよ」

「そっか、わかった。最後にひとつだけお願いがあるんだ。もういちどかすがい食堂に来てくれないかな」

「なんで？」彩希は怪訝《けげん》そうに首を傾《かし》げた。

わたしは人差し指を立て、まじめな顔をつくった。

「ひとつは、夏蓮にお礼を言ってほしい。彼女が見つけてくれたおかげで、こうしてなにごともなく済んだんだから。もしかするとまだ納得はしていないかもだけど、ひとりの人間として、きちんとお礼は言ってほしい。今日のことをほかのみんなに伝える必要はない。夏蓮にだけこっそり言ってくれたらいい。そして、もうひとつ」

次いで二本目の指を立て、笑みを浮かべる。

「あなたに食べさせたいものがある。それがなにかは来てのお楽しみ。理由は以上。あっ、かすがい食堂は火曜と金曜なんだけど、明日はさすがに急すぎるだろうし、今度の金曜でどうかな?」

彩希はため息をつき、わかったよ、と投げやりに言った。

「行けばいいんでしょ。弱みも握られてるしね」

「よくわかってらっしゃる。もし強情に拒絶するなら今日のことを親に密告すると脅してたよ」

いしし、と笑えば、彩希は今夜の気温よりも冷たい目で見つめてくる。

「それでも大人かよ」

「大人はずるいんだよ」

呆れた様子でもういちどため息をつくと、じゃあね、と手を上げて彩希は歩き出した。けれどすぐ、背を向けたまま告げる。

「今日はいろいろありがと」

聞こえるか聞こえないかの小さな声だったけど、わたしはたしかに受け取った。同じく小さな声で、

「どういたしまして」

と返した。

＊

迎えた金曜日の夕刻、かすがい食堂の日。

約束どおり彩希は来てくれた。あとは翔琉、夏蓮、亜香音の、いつものフルメンバーだ。

買い物には夏蓮と彩希を連れていくことにした。もちろん月曜日のことを話せるようにと考えてである。

その意図には彩希も勘づいていたのだろう。こちらから促す必要もなく、商店街に

向かう途中で自ら口火を切った。

「夏蓮さん、それから楓子さんも、このあいだはごめんなさい。それから、ありがとうございました」

照れくささゆえか、ややぶっきらぼうな感じはあったけれど、きちんと気持ちの籠もった言葉だった。

よかったよ、と夏蓮は笑った。

「なにごともなくて。待ってるあいだ、本当に気が気じゃなかったから」

あの日の話はこれだけだった。あとはたわいもない雑談に興じる。彩希はときおり質問に答えるくらいで積極的に会話に加わることはなかったけれど、一週間前より心を開いてくれているのはわかった。

まずは青果店。今日もメインディッシュの食材は用意済みなので、必要なのは副菜だけだ。今日は人数も多いことだし、少々手間のかかるポテトサラダをつくることにした。あとは常備している漬物で済ます。

買い物を終えて店に戻ると、全員を集めた。座敷の上にこれ見よがしに置かれていた発泡スチロールの蓋《ふた》をぽんぽんと叩く。

「さあ、本日のメインディッシュは、こちらです！」

かけ声とともに蓋を開ける。みんなが覗《のぞ》き込み、おぉ、という声も聞こえる。中身は魚だ。

「じゃあ、亜香音。なんの魚かわかる?」

「えっと、実質二択やよね。どっちやろ。カレイ?」

「正解!」なかには二尾のカレイが入っている。「左ヒラメに右カレイが有名だけど、じつは口で判別したほうがわかりやすいかも。カレイは見たとおり小さなおちょぼ口。一方ヒラメは獰猛《どうもう》で、大きな魚も襲うから口が大きくて歯も鋭い」

「へぇー、そうなんだ」夏蓮が覗き込む。「今度魚屋さんで見てみよう」

「さて、本題はここから」わたしは威勢よくパンと手を叩いた。さあさあ皆々さま、聞いてちょうだい見てちょうだい。「じつはこのカレイ、そんじょそこらのただのカレイじゃないんだな。いや、一尾はただのカレイだけど、もう一尾は大変貴重なハモンガレイ」

「ハモンガレイ?」

台本があるかのように夏蓮が鸚鵡《おうむ》返しをしてくれる。べつに打ち合わせをしたわけではない。

「そう、ハモンガレイ。模様に濃淡があって波の模様に見えるからハモンガレイ。この時季の東京湾でごく稀《まれ》に獲《と》れる幻のカレイと言われてるの。脂が乗ってて最高においしいんだ。

　わたしの知り合いで釣りが趣味な人がいて、以前かすがい食堂のことを話したらと

ても共感してくれてて。それでたまたまこのハモンガレイが釣れたから、ぜひ子ども

たちにって提供してくれたの。さすがに一尾じゃ足りないかもと、普通の黒ガレイも

いっしょにね」

「初めて聞いたなー」と夏蓮は再び箱のなかを覗き、「こっちがハモンガレイなんだ

ね」と濃淡があるほうを指さしながら聞いてくる。

「そうそう。水島さんは知ってるよね？」

「ああ、うん、まあ」

「さすが！　というわけで、本日の献立は名づけて《華麗なるカレイの饗宴《きょうえん》》。あ、

この饗宴はウタゲの意味だけど、二種類のカレイの競演、競い演じるともかかって

る」

「二重のダジャレかよ」亜香音のツッコミ。

　カレイ料理は祖母と夏蓮にまかせて、あとの三人はわたしとともにポテトサラダと

みそ汁づくりを担当する。

ジャガイモはあとで皮が剝《む》きやすいようにぐるりと切れ目を入れたあと、容器にふんわりとラップをかけてレンジで温める。

次いでキュウリ、ニンジン、玉ねぎを切り、軽く塩もみ。あとはハムも切っておく。温めたジャガイモは火傷《やけど》しないように注意して皮を剝き、なるべく熱いうちにマッシュ。粗熱が取れたらマヨネーズを加えてしっかり混ぜたあと、塩で味を調え、軽く黒コショウ。最後に具材を加えて軽く混ぜれば完成だ。並行して進めていたみそ汁も問題なくできあがった。今日の具は玉ねぎと油揚げ。

おばあちゃん組のほうからはカレイ料理の香ばしい匂《にお》いが漂ってきて、いやが上にも食欲がそそられる。

カレイは二品、煮付けとムニエルだ。ハモンガレイが後者となる。

が、ハモンガレイなんてのは嘘八百だ。そんな名前のカレイは存在しないし、釣り好きの知人うんぬんもすべてでっち上げだった。

どちらも事前に鮮魚店で購入したもので、店主にも協力してもらって、なるべく見た目の異なるものを選んだだけである。たいてい同じ黒ガレイとして扱われているが、厳密にはクロガレイとクロガシラガレイという別の種であるらしい。見た目も、味も、ほとんど変わらない。二尾用意したのは量の問題もあったけれど、一尾だけが幻のカレイ、と言ったほうがリアリティが出るかなと考えたのもあった。

なぜそんな嘘をついたのか。それについては、ある目論見があった。

料理が完成し、食卓に並べられる。カレイのムニエルはひとりずつの皿に分けられ、煮付けは大皿に載せられ自由に摘《つ》まむかたちだ。

「いただきます！」

ハモンガレイあらため黒ガレイのムニエルから立ち上るバターの香りがたまらなかった。さらに見た目も素晴らしい。適度に焦げ色のついた茶色の身はそれだけで食欲が刺激される。そっと箸を差し入れる。表面はカリッとしているが、中身はしっとり。バター、トマト、玉ねぎ、レモン汁を使った祖母の特製ソースとともにいただく。

口に入れたとたん、ほぁ〜、と自然に顔がとろけた。臭みはまるでなく、小麦粉に閉じ込められた魚の旨みがぎっしりと詰まっている。塩とバター、そして酸味豊かなソースがその味をさらに引き立て、舌の向こうに大海原がひろがる。

つづけてカレイの煮付け。ふっくらした身に、甘辛い煮汁がこってりと染みている。ムニエルに比べれば庶民的で、だからこそ安心できて、濃厚な味にごはんがもりもり進む。甘い誘惑に箸が止まらなくなる。

ありがとう、海！

方向性は違うものの、どちらもカレイの旨みをたっぷりと引き出した絶品だった。

「おいしい！」ムニエルを食べた夏蓮が満面の笑みになる。「ハモンガレイってすごいね。こんな上品な味のカレイは初めてかも」

味つけと、なによりおばあちゃんの腕なんだけどね、と密かに思う。このなかでは唯一事情を知っている祖母が軽く目を開いて、楽しげな表情を浮かべていた。

もちろん子どもたちにも、あとできちんと真実と事情を説明するつもりだ。しかし幻のカレイと信じてよりおいしく感じられるのなら、罪のない嘘だろう。きっと笑って許してくれるはずだ。

彩希の様子を見やる。楽しげな様子は見受けられなかったが、少なくとも前回よりは自然体で食事をしているようだった。ポテトサラダを口にしたのを見て、話しかける。

「どう？　自分でつくったポテトサラダは」

「うん、まあ、まずくはないいんじゃない。特別おいしくもないいけど」

素直じゃないな、とこっそり苦笑いする。

とはいえ、減らず口を叩いてしまう気持ちも理解はできたし、嫌な気はしなかった。最初に反抗的な態度を取ってしまった相手には、ばつが悪くてなかなか態度をあらためられないものだ。大人だってそういうときはある。

皆が〝幻のカレイ〟に満足し、ポテトサラダも好評で、本日のかすがい食堂も無事に終わった。

全員で後片づけをして、食後のお茶を淹《い》れる。

前回は亜香音の家に泊まっている関係でお茶に付き合った彩希だったが、今日は「じゃあ、わたしは先に帰るよ」と告げる。会話に加わらないのに残ってもしょうがないと考えたのだろうし、予想できたことだった。無理に引き留めても仕方ない。

「わかった。じゃあ送っていくよ」

「いいよ。ひとりで帰れるし」

「いいからいいから。今日だけ特別」

有無を言わせず立ち上がると、さすがにそれ以上は拒絶しなかった。


すっかり人通りの絶えた夜の町を歩く。

今日は前回とは打って変わって、湿気を感じさせる暖かな夜だった。家から漏れ出るテレビの音、自転車がブレーキをかける音、若者の大きな笑い声が、ときおり生ぬるい風に乗って届く。

「カレイ、おいしかったでしょ。それとも魚はあんまり好きじゃなかった?」

「まあ、おいしかったよ。カレイってこんなにおいしいんだなって、思った」

「それはよかった。でも、ひとつあやまらなくちゃならない。幻のハモンガレイってやつ、あれ、全部嘘だから」

ふぇっ? と変な声を上げて彩希が見つめてくる。ごめんね、とにこやかにあやまった。

「あの流れで水島さんに『知ってるよね?』と尋ねたら、きっと肯定するだろうと思って。それを確かめたかった。そのためだけに存在しないハモンガレイをでっち上げたんだ。あなたはそうやって嘘をついてきたんでしょ。家が裕福だというのは、真っ赤な嘘」

ふたりのあいだの空気が強張るのを感じる。ぽつりと、憎悪を吐き出すように彩希がつぶやく。

「嫌らしい。最悪」

「かもしれない。でも、そうしないと認めてくれないかなと思って。あなたはクラスメイトにも、わたしたちにも、自分は裕福だと告げている。でも、実際は違うんだよね。

ただ見栄《みえ》を張りたいだけなら気にかける必要はなかった。でも、あなたは自分のついた嘘で苦しんでる。だから、パパ活紛いの、あんなことをしたんでしょ。だったらほっとけない。ほら『目には目を、歯には歯を』って言うでしょ。だから、嘘には嘘を」

不機嫌そうに道を睨みつけて歩きながら、彩希はぽつりと「ハンムラビ法典」と言う。

「使い方、間違ってるし」

「うん、まあ、そうかな。でも、変なこと知ってるね。ハンムラビ法典なんてわたしはぱっと出てこないや」

気づかれてたんだ、と彩希は子どもらしからぬ大きなため息をついた。

「にしたって、わざわざこんな面倒なことをするなんて、ご苦労だよね」

怒りよりも嫌み交じりの言葉だった。素直な言い方ではないにせよ、認めてくれたことに安堵《あんど》する。

「それは、褒め言葉と受け取っておこう」くすりと笑う。「最初に引っかかったのは一週間前にかすがいに来たとき。家に物を取りに戻れば、家族と顔を合わせることになる、と言ったでしょ。お手伝いさんがいるような大きな家のイメージとは合わないな、と思って。

よく買い食いをしていたと聞いたけど、月曜日の喫茶店では小遣いが多いわけではないと言ってて、ちぐはぐにも感じた。そのあと送り届けたときも、自宅を見せようとはしなかった。

ことさら家が裕福であるように振る舞うのは、いつもそばに亜香音がいるときだったでしょ。同級生の前だと虚勢を張ってしまうのかなと思った。あのあと念のため、亜香音に聞いてみたんだ。水島さんの自宅を見たことがあるかって。やっぱりいちどもないという答えだった」

話しているうちに、月曜日に彩希と別れた十字路に着いた。そのとき彼女が去った方向を指さす。

「家はこっち?」

「いや、実際はこっち」

曲がらず、まっすぐに歩いていく。やがて五階建ての古びた集合住宅が見えてきた。

彩希はその敷地内に入った。

建物の一階に設けられた通路、天井の低い窮屈なスペースになぜか動物の遊具が並んでいる。そのひとつ、パンダの上に彩希は座った。色がくすんで塗装もところどこ

いかにもなかったはずの住宅が、微妙に怖い。

ろが剝げて、リアリティのない造形なのにかわいげもなくて、微妙に怖い。

「四年生のときに越してきた。それまではずっと一戸建てだったから、こんな汚い団地に住んでるなんて恥ずかしくて言えなかった」

見たところ一棟だけの集合住宅なので、厳密には団地とは呼べないはずだ。それでもいかにも昔の公団住宅といった佇《たたず》まいで、団地と呼ぶのも納得できる古めかしい建物だった。

「家はこんなだけど、べつに食べるものに困るとか、貧乏だったわけじゃない。まあ、普通かな。それでも嘘をついてるうちに、なんとなく家は裕福だってことになって、引き返せなくなった。でも、これまではなんとかごまかせてた。状況が変わったのは去年の秋」

彩希はパンダの頭に手を置く。みんなに触られるためか、カッパのように白い塗装が剝げている。

「お父さんが病気になって、ずっと家にいるようになった。いつ仕事に戻れるかわからないし、もしかしたら辞めさせられるかもしれないって話だった。二月からはお母さんがスーパーで働くようになって、家ではいつもかりかりして、すぐに怒鳴るようになって。わたしにも、お父さんにも」

「家出の原因も、それなのかな」

わたしを見つめ、感情の籠もってない表情で「うん」とうなずいたあと、再び虚空に視線を戻す。

「髪を染めたのがバレて、怒られたのはほんと。でも、とにかく家にいたくなかった。それで飛び出したんだ。長くはつづけられなかったけど。めんどくさいよね、子どもは」

もとより大人びた子どもだったけれど、最後のセリフは、とても中学一年生が発したとは思えない諦念が籠もっていた。

大人だって逃げ場所を見つけるのはなかなか難しい。子どもは金銭的な面でも、社会的な立場でも、大人とは比較にならない大変さがある。本来、最も安心できる場所であるべき家庭が、その機能を失ったとき、子ども自身が取れる手段はあまりに乏しい。

家に送ったあの日につぶやいた「早く大人になりたい」という言葉の真の意味が、わかった気がした。

「パパ活めいた行為は、やっぱり純粋にお金が欲しかったからだよね」

「もちろん。それ以上の理由はないよ。今年から小遣いも減らされた。中学に上がっても変わらず。以前は普通に貰えてたけど、いまじゃありえないくらい少なくなった。もうごまかすのも限界だったから」

「だとしても——」

「わかってる。パパ活はやらないよ。楓子さんや、夏蓮さんの言ってることは理解できたから。たしかに危険すぎるし、バカバカしい」

安堵する。彩希が自暴自棄になっていないことは救いだった。冷笑的で、お世辞にもまっすぐな性格の持ち主ではないけれど、自ら泥濘《ぬかるみ》に踏み込まない自制心は持っている。

とはいえ、彼女の家庭の事情について、わたしにできることはなかった。現状ではまだ支援を要する段階でもないと思える。言えることはひとつしかなかった。

「かすがい食堂には、いつでも来てくれていいから。お金や食事のことだけじゃなくて、心を安らげる居場所や、気軽に相談できる場所になれたらと思ってるし」

「うん。ありがたいけど、いまのところは大丈夫。お母さんも、かりかりはしてるけど食事はきっちりつくるし。むしろ今日みたいに夜食べないほうが機嫌悪くなるし」

「あ、それは、ほんと、申し訳ない」

「気にしなくていいよ。わたしも、ようやく、こんな話ができた。感謝してる」

薄く浮かべた笑みは悲しげでもあったけれど、初めてと言ってもいいくらい、彼女が見せてくれた素直な感情だった。

彩希はパンダの頭をぽんぽんと叩く。

「もし、状況が悪化して、また逃げたくなったら行くかも」

「わかった。いつでも待ってる」

いざとなれば逃げ込める場所がある、相談できる相手がいると思ってくれれば、それだけでも充分に助けになるはずだ。

「問題はさ、学校なんだよね」彩希は遠くを見やるように、灰色の低い天井を見上げた。「これ以上、裕福なふりをつづけるのは難しい。でも、このままだとバレるのは時間の問題。どうしたらいいんだろ」

わたしはパンダの隣にある象の背に乗った。お尻がひやりとして気持ちいい。

「嘘は絶対にバレるよ。わたしだって気づいたわけだし」

「だよね。でも、いまさら嘘でしたなんて言えないよ。言ったらどうなるか」

彩希はうんざりとした表情で唇を尖《とが》らせた。

クラス内での彼女の立場がどのようなものかはわからないけれど、おもしろくないことになるのは確実だ。些細《ささい》なきっかけでクラス内での序列や力関係は簡単に変わるし、イジメに繋がる可能性も充分にありうる。当人にとってみれば、なによりも重大な問題だろう。だからこそ彼女も、パパ活などという危ない道に踏み込んだ。

　再び間違いを犯さないように、ここはちゃんと解決策を示すのが大人の務めだ。

「ディゾルブ、しかないよね」

「ディ、ゾ……なに？」

「ディゾルブ。またはオーバーラップ。映像の切り替わりで、前のシーンがフェードアウトして、同時に次のシーンがフェードインしてくるのよくあるじゃない。あっ、フェードイン、フェードアウトはわかる？」

「うん。言いたいことはわかる。いや、ディゾル、ブ？　の意味はわかった。言いたいことはわからない」

「だからさ。嘘をついていたとは悟られずに、裕福設定をうまくフェードアウトさせて、現状をフェードインさせればいいんだよ」

「いや、そんなうまくいかないでしょ」

「そこはやりようだよ。裕福だった過去を否定するんじゃなくて、環境の変化があったことにするの。現実もそういう一面があったわけだしね。

　でも、父親の事業が傾いたとか、具体的なことは逆に言わないほうがいいかもしれない。そこはあえて言い淀むんだよ、最近いろいろあってさ、みたいに。察して、って空気を醸し出すの。そのほうがリアリティが出るし、みんな勝手に想像してくれる。それが嘘を信じ込ませるコツ」

「あー、なるほど」

「そうやって少しずつ裕福設定をフェードアウトさせて、現実に近づけていく。焦らずに、時間をかけて。変に主張しすぎず、さりげなく。この二点が肝だね。言うほど簡単ではないと思うけど」

「たしかに。でも、それしかないか」覚悟を固めた目でコンクリートの壁を睨みつけたあと、じっとりした視線を向けてくる。「それにしてもほんと、あんたって変な大人だよね。上手な嘘のつき方を子どもに教えるんだから。普通、逆でしょ」

そうかな、と微笑んだ。最初に見たときは微妙に怖かった不恰好なパンダも、だんだん愛嬌《あいきょう》があるように感じられてくる。

「世の中さ、グレーなことばっかりなんだ。そのパンダみたいに白黒つけられるわけじゃない」

「まあ、だいぶくすんでグレーと黒のパンダになってるけどね」

たとえ失敗したな、とわたしは笑う。

「とにかくさ、白黒つけず、グレーのままにしておくのがいいこともいっぱいある。だから嘘をついちゃいけません、なんてのは大嘘だよ。だって思ったことを嘘偽りなく口にしていたら、そこらじゅうでみんな殴り合いの喧嘩してるや」

言い方がおもしろかったのか、彩希は声を上げてけらけらと笑った。彼女が楽しそうに笑う姿は初めて見た。

「生きていくうえで、嘘をつくのは必要だし、大事なことなんだよ。でも、嘘をつくのはしんどいし、やっぱり心の負担になる。それがたとえ必要な嘘だったとしても、ね。大人になるともっと正直に生きたいと思うんだけど、そうはできないんだよね。だから無駄な嘘をつくのはもったいない。

あなたがいま苦労しているのは、つかなくてもいい嘘をついてしまったから。そういうことだよ、きっと」

彩希は真剣な表情で灰色の壁を見つめていた。その瞳には力強い光が宿っていて、もう心配する必要はないなと思う。

「やっぱり、変な大人だ」くすりと笑い、パンダの背を叩いて立ち上がる。「やってみるよ、ディルゾン、だっけ？」

「ディゾルブ」

不思議な合い言葉のように交わしたとき、住民と思しきおばあさんが通路にやってきて、ふたりを怪訝そうに見やりながら通りすぎた。奇妙な間が空いて、おばあさんの背中を見つめていた彩希が、笑いを含んだ視線をわたしに向ける。

「そろそろ帰るよ。いろいろ参考になったし、ありがとう」

「いえいえ」

彩希が軽く右手を上げた。

「じゃあ、また」

「うん、また」

手を上げ返す。また、という言葉は、彼女から貰った小さな勲章のように思えた。

# 第二話　異なる色、異なる景色

「おばちゃん！　当たった！　当たった！」

小さな男の子が先の赤い爪楊枝《つまようじ》を突き刺すように向けてくる。こらこら危ないから。笑顔で爪楊枝を受け取りながら、先端恐怖症だと駄菓子屋は務まらないな、とどうでもいいことを思う。

「おめでとう！　じゃあもう一本食べていいよ」

「やった！」

両手のこぶしを握りしめるリアクションが微笑《ほほえ》ましい。どれにしようかな、と真剣に選ぶ姿もかわいらしかった。目に見える大きさの差なんてないはずなんだけど。

きな粉と黒糖、水飴《みずあめ》などを混ぜた〝きなこ棒〟である。刺している爪楊枝の先が赤いともう一本貰《もら》える。

五十本中、十本は当たりなのでけっこうな確率なのだけれど、子どもにとって「おまけでもう一本」の高揚感は大人のそれとは比較にならないものである。

新年度を迎えると少なからず客に変化が現れるものだ。彼もまた、この春から姿を見かけるようになった男の子だった。新しいお客さんは駄菓子屋自体が初めての子が多い。これもまたいまどきなのかもしれない。

進級や進学のタイミングで引っ越しをして、この町にやってくる子、去っていく子がいる。環境の変化もあるだろう。クラスが変わり、付き合う友達が変われば、放課後の行動も変わってくる。当然ながらこの地域の子どもが全員『駄菓子屋かすがい』を知っているわけではないので、高学年になってから、新しい友達に連れられて初めて来る子もいた。逆に、自然と駄菓子屋から〝卒業〟する子もいる。

去っていく子が駄菓子屋のおばちゃんに、ことさら理由を説明することはない。そういえばあの子、最近すっかり見なくなったなと、ある日ふいに気づくだけだ。

この仕事を一年以上つづけて、そんな小さな寂しさも覚えるようになった。でも、その子が大きくなったとき、子どものときに通った駄菓子屋のことをなつかしく思い出してくれたらいいなと考える。いまの時代の子どもたちにとっては、貴重で、きっと自慢できる経験になるはずだ。

その少年が初めて店にやってきたのはゴールデンウィークが終わり、子どもの新陳代謝も一段落した五月半ばのことだった。

入ってきた瞬間「おっ」と小さな声が出た。その子が初めての来店であるのは断言できた。なぜならいちど見たら絶対に忘れないであろう外見だったからだ。黒い肌を持つ外国人の少年である。顔の造りもまた、明らかに日本人とは違う濃さがあった。体つきもがっしりしていて、背も高い。それゆえに年齢も掴《つか》みにくく、高校生のように思えるが、中学生のようなあどけなさも見えた。

店はそれなりに賑《にぎ》わっていたので、彼がひとりで来たのかどうかはわからなかった。店内を物珍しそうに見回したあと、ひとつの駄菓子を手に持って首を傾《かし》げる。わたしに目を留め、つかつかと近寄ってくる。駄菓子を掲げ、

「ケツくっせえ」

と言った。そうとしか聞こえなかった。

「え……えと……」

まるで意味がわからず戸惑っていると、少年は苛立《いらだ》った顔になり、もういちど駄菓

子を揺らしながら同じ言葉を強い調子で繰り返した。やっぱり「ケツくっせえ」としか聞こえない。

脂汗が出てくる。英語ならともかく、どこの国の言葉かわからないものに答えようがない。でも、おそらくはこの商品をくださいか、この商品はどんなものかと尋ねているのだろう。

日本人ならたいていは知っている有名な駄菓子だ。朱色というかオレンジ色に近い、イカと魚肉シートの酢漬けである。酸味が強いのが特徴で、酒の肴《さかな》にもなるので大人にも根強い人気があった。昔は当たりくじがついていたが、いまは廃止されている。パッケージにはイカを模したキャラクターが描かれているけれど、知識がなければ正体不明の食べ物かもしれない。

あわあわとしつつ、とりあえず英語で値段を告げようとした瞬間、少年が口を大きく開けて笑いはじめた。少し笑いを引きずりながら「ごめんごめん」と言う。そのアクセントは明らかにネイティブとわかるものだった。

「いや、お姉さんがさ、あからさまにびびってたから思わずからかっちゃった。ごめんなさい」

「び、びびっては……」というか、お姉さんと呼ばれるのは珍しい。「それより、日本語上手なんだね」

「そりゃ、日本人だからね」

「あ、そうなんだ。さっきのは何語？」

「フランス語。フランス語で『お尻が臭いですね』と言った」

しばらく経《た》ってから、またからかわれたのだと気づく。

「あのねぇ、きみ」

「ジョーク、ジョーク。フレンチジョークだよ。それより――」無理やり話題を変えて再び店内を見渡す。「駄菓子屋なんてまだ残ってるんだね。初めて見た」

「へぇ、駄菓子屋とか知ってるんだ」

「そりゃ、ね。漫画とかにも出てくるし。あっ、これください」

手に持ったままの商品を振る。

「なにか、ちゃんとわかってる？」

「知ってるよ。この酸っぱいのがいいんだ」

「すごく日本人っぽくていいね」

思わず笑顔になってしまう。でしょ、と彼も笑った。

「でも、見たことも食べたこともないのがいっぱいある。また来るよ」

「ぜひ、ご贔屓《ひいき》に」

「ゴヒーキ?」

「また来てくださいね、という意味」

「初めて知った。日本語は難しいな」

おどけるように言って満面の笑みを浮かべる。陽気さやフランクさにやはり異国の血を感じさせる、愉快な少年だった。


宣言どおり、彼はときどき駄菓子屋かすがいにやってくるようになった。ひとりのときもあるし、友達を連れてくるときもあった。

名前は木村仁《きむらじん》、中学二年生であることも知った。実際の学年を聞くと体の立派さにあらためて驚かされる。

来るたびにたいてい雑談を交わしたので、彼のことをいろいろ知ることができた。父親が日本人で、母親は両親ともにアフリカの血を引くフランス人。ふたりはアメリカで知り合って結婚したため、仁はアメリカで生まれた。しかし物心つくころに日本に来たため、ほかの国の記憶はないらしい。厳密には二重国籍となるものの、彼自身の認識としては日本人だし、将来的にも日本国籍を選ぶだろうと言っていた。

その話を聞いたとき、知ったふうに言ったことがある。

「そういうのって、いまはハーフじゃなくてダブルって言うんだよね」

「ああ、それね」仁は面倒くさそうな笑みを浮かべていた。「おれとしてはどうでもいいよって感じ」

「そうなんだ。でもたしかに『半分』って表現するより、『二倍』のほうがいい気はするけど」

「そんなのただの言葉遊びじゃん。それにおれはもっといろいろだから、トリプルとかクアドルプルって呼ばなきゃいけなくなる」

「でも、両親が違う国の人なのは、事実だし」

「じゃあ、日本人と韓国人の子どもをハーフやダブルって呼ぶ？　どうせ呼ばないだろ。そんなこと思いもしないはずだ。どこで人種を線引きするのかもわからないし、結局見た目で特別視してるだけなんだ。その考え方自体が差別的な気がする」

彼の言葉に打ちのめされた気がした。

いままでさんざん言われてきて、語ってきたのだろう、仁の声にはかすかに鬱憤が混じっていた。たしかに彼には多くの日本人とは目に見える明らかな違いがあるから、ハーフやダブルという言葉が出てきたのだと思う。白人と日本人の子どもだったとしても同じだろう。その事実に潜む差別性に、初めて気づかされた。

「うん、そうだよね。ごめん……」

「あやまらなくていいよ、正解はないし。ハーフって呼ばれたい人もいるし、ダブルって呼ばれたい人もいる。ミックスルーツって呼ばれたい人もいるし、そんなふうにカテゴライズしてほしくない人もいる。人それぞれ、ばらばら。おれはおれ。それだけの話」

親指で自分を指さし、ニッと笑う。その笑顔にずいぶん救われた気がした。

呼び方は問題ではない。なんと呼ぼうと、そこに「自分とは違う異質なもの」というニュアンスが込められているかぎり、差別性をまとってしまう。そんな当たり前のことに気づかされた。そして、なにを差別的と感じるかは人それぞれで、唯一の答えなどないのだということも。

仁はとにかく陽気で、話しているだけで楽しい少年だった。けれど、この国ではどうしても目立ってしまう黒い肌を持つ少年が、日本で暮らす難しさも垣間見《かいまみ》ることになった。

彼が店に入ってくると、やはり注目を集める。それだけならまだしも、あからさまに距離を取ったり、怖がったりする子もいた。とくに年少の子はその傾向が強い。仁が優しく話しかけたとたんに泣き出した子がいて、居たたまれない空気に包まれたこともあった。逆に興味津々で「黒人！　黒人！」や「外人！　外人！」と連呼する子もいる。

大人の視点からすれば〝不適切な〟反応をする子どもに悪意はなく、けっして差別をしようとしているわけではない。

だから怒るのは違う気がしたし、注意をするのも、よほどひどい場合を除いては難しかった。そもそも、どう伝えれば理解してくれるのかわからなかったし、気まずい空気になるのを避けたかったのもある。

仁は周囲の歪《いびつ》な反応に対し、苦笑はしてもあからさまに嫌な顔をすることはなく、努めて無視したり笑いに転化したりしていた。わたしもそこに甘えているところはあった。事を荒立てず、そのうちみんなも慣れてくれるだろうという消極的な対応しか取れなかった。

それでいいのだろうかという葛藤はあったけれど、やはり時間が解決してくれるところはある。初の来店から一ヵ月がすぎたころには、子どもたちから「黒人のお兄ちゃん」と仁は慕われるようになり、彼の存在は駄菓子屋かすがいに溶け込みはじめていた。

六月の下旬、まとまった雨が降るわけでなく、かといってまるで青空の見えないぐずぐずとした天候がつづいていた。

それもあって最近は客足も鈍りがちだ。いまも重苦しい鈍色《にびいろ》の雲がひろがっていることは、戸口まで行って空を見上げずとも外の暗さでわかる。

今日も蒸し暑い夜になりそうだとため息をついたとき、仁が声をかけてきた。

「前から気になってたんだけど、店の奥に台所があるんだね」

そうだね、と答えながらわたしも店の奥を見やった。台所側は明かりをつけていないので薄暗く、のれんで目隠ししているとはいえ、隙間から覗《のぞ》き見えることはある。

「昔は奥でもんじゃとか出してたんだよ。いまはもうやってないけどね」

「へえ、もったいない。駄菓子屋のもんじゃ、食べてみたかった。でも、ばっちり調理器具とか置いてるけど」

目がいいな、と軽く笑う。

「わたしとおばあちゃんが使ってるからね。いつもそこで食事してるんだ。あと――」

子ども食堂のことを教えるかどうか、一瞬迷った。

基本的に『かすがい食堂』のことは宣伝していない。座敷は狭く、わたしと祖母を入れて六人程度でいっぱいになる。来る者拒まずとはいかないのが実情で、さらにみんなで買い物に行き、料理をする、という方針を取っていることもあった。普通の食堂と同じお客さま気分で来られると、トラブルになりかねない。

とはいえ、徹底して秘密にしているわけでもない。

噂《うわさ》を聞いて、尋ねてくる人もたまにいる。その場合はきちんと趣旨を説明し、理解してもらえるように努めた。趣旨に合致する場合はもちろん喜んで迎え入れる。

店内では男の子ふたりが雑談しているだけで暇であり、この流れで言わないのも不自然かなと、かすがい食堂のことを仁に向けて口にした。

「事情のある子に限定して、閉店後に食事を提供したりもしてるんだ。いわゆる子ども食堂ってやつかな」

「へえ、お姉さんって立派な人だったんだ」

「立派ではないよ。流れではじめただけだし、わたし自身も楽しんでるしね」

「貧困で食べられない子どもに、って感じ？」

「それもあるけど、それだけじゃない。事情はいろいろだよ。あと、みんなで買い物をして、みんなで料理をするってのがルールになってる。変わってるでしょ」

問いかけたものの、仁は動きを止めて、考え込むようにぶら下げられたスーパーボールを見つめていた。どうしたの？　と声をかけようとした瞬間、口を開く。

「それ、おれも参加できないかな」

わたしは眉を寄せた。直接聞いたわけではなかったけれど、雑談から彼の家が裕福であるのは察していた。富豪とまではいかずとも、少なくとも中の上の暮らしはしているはずだ。

「仁くんが？　どうして？」

「日本の、家庭料理を知りたいんだ」

いつになく真剣な表情だった。

父親はまったく料理のできない人で、興味も薄く、日本料理のことはなにも知らないらしい。母親は言うまでもない。

「そりゃネットで調べりゃいくらでもつくり方は出てくるよ。本屋にはいくらでもレシピ本がある。でも母さんは日本語の読み書きができないから、日本の料理を学ぶのは限界があるんだ。おれが翻訳するとしても、おれは料理ができないから、そこでも限界がある。

誰も日本料理の基礎がわかってないから、そもそも、なにを知らないのかがわからない。日本の、リアルな家庭料理ってやつを知りたいんだ。ダメかな？」

なるほど、と腕を組む。亜香音の言にもあったように、料理を知れるのもかすがい食堂の大きな利点のひとつなのだ。そして、いろはも知らない状況では、まず人から教わらないことには難しいのも理解できる。

さほど悩むことはなかった。協力したいと思える事情ならば断る理由はない。

「うん。そういう事情ならウェルカムだよ。ただ、スペースがあまり広くないから、うちは原則として子どもだけを対象にしてるんだ。普通の子どもも食堂とは違ってね。それでもいいかな」

「参加するのはおれだけってことだね。了解した」

「オッケー。かすがい食堂は——あっ、その子ども食堂は『かすがい食堂』って呼んでるんだけど、やってるのは火曜と金曜の夜。次、だからさっそく明日参加する？」

「いいの？」仁はこぶしを握りしめた。「たぶん問題ないと思う」

「うん、じゃあ待ってるよ」

「ありがとう！　あ、ちなみに参加費というか、料金は？」

「二百円」

「やっす！」

＊

翌火曜日、仁が初参加するかすがい食堂の時間がやってきた。

本日は夏蓮が不参加で、翔琉と亜香音の三人となる。早く慣れるためにも今日は全員で買い物に行くことにした。すっかり日も長くなり、六時半でもまだ昼間のように明るい。雲は多いけれど、今日は久しぶりに雨の心配のない一日だった。

亜香音と仁はともに物怖《ものお》じしない性格なので、すぐに打ち解けてくれる。

さっそく亜香音は「どこ中なん？」と尋ねていた。仁は私立なので、別の学校になるようだ。

「部活は入ってんの？」

「バスケ部に入ってたんだけど、一年の秋にやめた。いまはなにもやってない」

仁のほうがひとつ年長になるが亜香音はタメ口で、彼も気にする様子はなかった。

「なんかめっちゃもったいないなー。絶対うまいやん」

「最初からあんまり乗り気じゃなかったし。周りがやれやれ言うから入ったけど、なんか上下関係も合わなかったしな」

「あ、わかる。日本の部活ってやたら先輩後輩厳しいやん。アホちゃうか思う。一歳二歳違うだけで、なんでそんな偉そうにできるんや」

　仁はけらけらと笑っている。

「笑いごとちゃうで。あたしは本気で腹立つねん。だいたいさ、年上を敬えっていう道徳はおかしいねん。年齢に関係なく尊敬できるやつはできるし、でけへんやつはでけへん。敬われたいんやったら、敬われるだけのことをしろって話や。日本は無能な年長者が威張れるから、生産性が上がらへんねん」

　今度は腹を抱えて仁は笑っていた。

「亜香音はほんとおもしろいなー。じゃあもちろん、そっちも部活はやってないんだ」

「当たり前。そんな時間あったら、もっと生産的なことに使う」

　亜香音はかなりの貧困家庭だ。中学生ではなかなかアルバイトなどはできないが、なんとかお金を稼ぐ方法を考えるつもりだと語っていた。部活をしていないのは時間が取られることに加え、金銭的な理由もあるはずだった。

　気を遣ったのか、仁は翔琉にも話しかける。

「翔琉くんは、放課後はなにをしてんの？」

「だいたい、本を読んでる」

「友達と遊んだりはしないのか」

「あんまり」

「ゲームとか？」

「しない。うちには、ないし」

「そっか……」

さすがの仁をもってしても、安定して会話が弾まないなーと感心する。

まずは青果店に到着する。いつも利用している馴染《なじ》みの店で、調子のいい店主が仁を見て目を丸くする。

「おー、ハローハロー。えー、ナニヲー、カイマスカー？」

わざと片言に言って、自分でガハハと笑っている。正直、品のいい冗談だとは思えないし、差別性も感じるけれど苦笑いするしかない。

同じく仁も苦笑しつつ「なにを買うんだっけ？」と尋ねてくる。すかさず店主が「わお！　日本語めちゃくちゃ上手だな！」と叫んでいた。

「えっと、今日はジャガイモとトマト」

「だってさ、おじさん。ポティト、エン、トメイト、プリーズ。新鮮なやつね」

英語のところだけやたらいい発音で告げる。

「オッケーオッケー。ポティト！　トメィト！」

店主も楽しそうだ。

つくづく、仁は大人だなと感じる。品のない冗談も気にせず流して、それどころかあえて乗っかることで場を和ませている。

そのあとスーパーにも行って必要な食材を買って店に戻った。

仁とともに街を歩き、あらためてアフリカ系日本人である彼の見ている景色を実感した。彼がふだん出歩かない場所だというのはあるとしても、多くの人がちらちらと視線を向けてくる。ある人は堂々と、ある人はさりげなく。けれどどれほど素知らぬふりを装っても、向けられる視線というのは驚くほど気づけるし、気になるものだ。横を歩くわたしでさえそうなのだから、当人はなおさらだろう。

しかも驚いたことに、あからさまに好奇の目を向けてくる人がいる。それは子どもだけでなく、いい歳《とし》をした大人や老人でもだ。いまって昭和じゃないよね、と本気で疑問を覚えるほどだった。

けれど、好奇の目はまだましなのだと知った。なかには嫌悪感を露《あら》わに、穢《けが》らわしいものを見るような目を向ける人がいて、愕然《がくぜん》とした。それはもう明らかな差別であり、暴力だった。

仁は常に気づかないふりをして、無視していた。

反応したってどうしようもないとわかっているからだろう。でも、こんな差別、暴力に慣れることなんてないはずだ。好奇や憎悪の視線に晒《さら》されるたび、小さな鬱憤は消えずに溜《た》まっていく。

彼が生きる世界は、人の悪意が見える世界だ。

その過酷さは想像にあまりある。なにもできないもどかしさはあったけれど、幸い自分にはかすがい食堂があり、彼の力になれることがあった。

仁が参加することが決まり、テーマは急遽《きゅうきょ》「日本の家庭料理」となったわけだが、献立には大いに悩まされた。

日本の家庭料理とひと口に言っても、あまりにも幅広い。

さんまやブリなどの魚料理もあるし、豚肉のしょうが焼きや鶏《とり》の唐揚げなどの肉料理もある。メインという感じではないが、玉子焼きや里芋の煮っ転がし、きんぴらごぼうなども代表格だ。カレーライスやハンバーグ、オムライスなどの洋食も日本の家庭料理と言って差し支えないだろう。まだまだほかにもたっぷりとあって、食材も、調理法も、種類も、ジャンルも、驚くほど多彩で多岐にわたる。いいか悪いかはさておき、とにかく節操がなかった。

いずれにしても、いっぺんに伝えられるものではないし、覚えられるものでもない。少しずつ身につけていけば、いずれは自然と「日本の家庭料理」のイメージが見えてくるはずだ。

店に戻り、台所の前で手を叩《たた》く。

「はいはーい。それでは今日の献立を発表しまーす。今回は名づけて《おにぎりと愉快な仲間たち》！」

子どもたちから失笑が漏れる。気にしない。

「今日は仁くんが初参加ということで、テーマは日本の家庭料理にしました。メインは日本が誇る伝統文化、みんな大好きおにぎり！　自分のぶんを自分で握ってもらいます。意外とおなかいっぱいになるから、欲張りすぎないように。

そして愉快な仲間たちのひとつ目、日本の家庭料理といえば！　そう、肉じゃがだね。異論は認めない。あと、トマトは和風サラダ、ではなく意表を突いて和《あ》え物サラダにしたいと思います。あえてね。和え物だけに！」

子どもたちはいまひとつピンと来なかったのか、ぽかんとしていた。このネタは子どもには高度すぎたか。

気を取り直して役割分担をおこなう。

仁には祖母を手伝うかたちで肉じゃがとみそ汁をつくってもらうことにした。わたしは翔琉、亜香音とともにトマトサラダづくりだ。

まずトマトはへたを取って、八等分くらいの大きめのくし切りにする。オリーブオイルに酢、塩、砂糖、さらにおろし生姜《しょうが》を加えてよくかき混ぜ、ここにかつお節と白ごまを加える。あとはトマトと和えるだけで完成する簡単サラダだ。

ちらちらと肉じゃが組の様子も見ていたが、仁はひっきりなしに祖母に質問をしていて、熱心に学んでいるのが見て取れた。

そのあとは炊きたてのごはんを使ってみんなでおにぎりを握った。用意した具は、焼き鮭《ざけ》、明太子《めんたいこ》、梅干しの、日本三大おにぎりの具だ。異論は認める。

握るときは透明のラップフィルムを使った。衛生面もあるけれど、慣れればラップを使ったほうが握りやすいし、手もべたつかない。

仁はおにぎりを握った経験はないようで、祖母のお手本を食い入るように見ていた。

「こんなふうに塩をまぶしたあと、両手を使って三角形にね。あんまり力を込めちゃいけないよ。お米がつぶれないように、ふんわりとね。手のひらだけでなく、腕全体で握るのがコツかな」

すっすっと見事な手捌《てさば》きで二、三度握ると、あっという間に美しい三角形のおにぎりができあがった。さすがだ。

「三角しかダメなの？」仁が尋ねた。

「俵型でもいいさ。でも、三角がいちばん握りやすいし、失敗もしにくいけどね」

答えながら、今度は俵型のおにぎりをつくる。こちらもさすがの手際だ。祖母のお手本を参考に、子どもたちも握りはじめた。仁がさっそく弱音を吐く。

「いや、これ、難しい。見るのとやるのと大違い」

同じく初めてだった亜香音もすぐに同意した。

「ほんまやな。そんなきれいな三角形にならへんで。翔琉は――あれ？　うまいやん」

「前にも、いちど、つくったし」

そう、翔琉だけは以前かすがい食堂でつくったことがある。

できた！　と仁がラップをひろげる。すかさず亜香音のツッコミ。

「小っちゃ！　握りすぎやん。おはぎちゃうねんから」

「しょうがないだろ。形を整えてたらこうなるだろ」

「ならへんわ。あたしの見てみい」

「形きったな。台形やん」

「ぎりぎり三角やろ。あと関西人ちゃうのに関西弁使うな」

「横から鮭はみ出てるし。それ絶対、具、片寄ってるだろ」

「どうせ腹んなかで混ざるんやからええねん」

ふたりのやり取りがおかしくて、わたしは終始笑いっぱなしだった。

そんなふたりも二回目は慣れたのか、少しはおにぎりらしいフォルムになっていた。

三回目は子どもらしく自由に握りはじめる。亜香音は三種の具を入れた大きな球形の、いわゆる爆弾おにぎり。仁は手裏剣のような形をつくろうとして、失敗してよくわからない名状しがたきおにぎりになっていた。なお、翔琉は三回とも律儀に三角形である。

食卓に完成したおにぎり、みそ汁、肉じゃが、トマトの和え物サラダを並べて、手を合わせる。

「いただきます！」

まずはみそ汁でのどを潤したあと、自ら握ったおにぎりをいただいた。

ひと口目に具はなかったけれど、おにぎりはごはんだけでもなぜか抜群においしい。ほのかな塩みに本能が快哉《かいさい》を叫び、嚙《か》みしめるほどに滲《にじ》む米の甘みに幸せを感じる。

やがて明太子が発掘される。ただでさえ明太子とごはんは至高の組み合わせなのに、おにぎりで味わうそれは海苔《のり》の風味も相まって、さらに一段深く響き合う。日本人に生まれてよかった！

サラダも口にする。トマトのみずみずしさにオリーブオイルや白ごまの風味が絶妙に絡み合っている。和風でいて、ちょっぴりイタリアの風も感じられる一品だ。

そして肉じゃが。食べた瞬間「ただいま」と言いたくなる安心感。ジャガイモはすぐにほろほろと崩れ、染み込んだ甘い煮汁が口中にひろがる。同じく甘く煮詰められた肉との相性は最高だ。

じつは栄養学的にも理に適《かな》ったコンビネーションで、多くの国で肉料理の付け合わせにジャガイモが多用されるのはそのためだ。まさに万国共通の黄金コンビである。仁を迎えた最初のレシピに肉じゃがを選んだ理由は、それもあった。むしろ西洋のほうが肉とジャガイモ料理は長い歴史があり、フランス人の母親にも馴染みがあっていいだろうと考えたのだ。

同様に肉じゃがを食していた仁に声をかける。

「どう、自分でつくった肉じゃがのお味は？」

彼はすぐさま親指を立てた。

「めちゃくちゃうまい！　これまで給食とかで食べた肉じゃがよりぜんぜんうまい。味が染みてるし、ジャガイモがふわふわしてる。ま、つくったのはほとんどおばあちゃんだけどさ」

「料理のつくりかたは覚えられた？」

「なんとなく、かな。でも、そのなんとなくを知りたくて来たんだし」

うまいこと言うな、と感心する。

いまの時代、料理のレシピは簡単に、いくらでも手に入る。でも料理にはレシピの外側に、明文化しにくい手順、暗黙のルールや、勘所などが数多くある。逐一挙げるのは難しいそれらの集積が、日本料理を日本料理たらしめているのだと思える。仁が知りたいと感じているのは、レシピからは見えてこないそこなのだろう。

それは数をこなさないと掴《つか》めないし、熟練者と料理をすれば断然学びは早くなる。

「少しずつ、焦らず、だね」

「うん。また家で肉じゃがつくって、復習するよ」

「殊勝な心がけだ」祖母が笑みを浮かべる。「仁くんは料理がうまくなりそうだよ。ちなみにおにぎりはどうだったかい」

「おにぎりは好きだし最高！」再びのサムズアップ。「でも、おれのはダメすぎる。

おばあちゃんのが圧倒的にうまかった」

　自分のぶんは自分で、というルールだったけど、ひとつだけ祖母のぶんと交換していたのだ。

「お褒めいただき光栄だよ」

「売ってるお弁当や、コンビニのおにぎりとはぜんぜん違う。ぜんぜんこっちのほうがおいしい。なんでだろ」

　たしかに、とわたしは言った。

「人の手で握ってるからか、たんに握りたてだからかもしれないけど」

「これもまたもういちど家でリベンジしてみるよ」

「殊勝な心がけだ」

　先ほどの祖母の口調を真似《まね》して言うと、みんなが笑ってくれた。翔琉までもがくすりと笑んでいる。心のなかで小さくガッツポーズ。

　こうして仁を迎えた初めてのかすがい食堂には笑顔が溢《あふ》れ、愉快なまま終わった。

　三日後の金曜日にも仁は参加して、夏蓮を含めて全員が揃《そろ》い、このときもとても楽しく賑やかな食事となった。

　予想もしていなかった、はらわたの煮えくり返るような事件が起きたのは、週が明けた月曜日のことだった。

＊

駄菓子屋かすがいの横には細い路地がある。朝、自宅から自転車で店にやってくると、その路地に入り、ひっそりと設けられたドアからなかに入る。店の奥にある台所に通じる勝手口だ。

営業は月曜から金曜までの平日、午前十一時からなので、最近はだいたい十時くらいに来て、朝食と昼食を兼ねた食事を摂っていた。その時間、祖母はたいてい座敷で新聞を読んでいる。今日もそうだった。

「おはよう、おばあちゃん」

「はい、おはようさん。焼き魚と卯《う》の花がある。あとはいつものように適当にやっとくれ」

新聞から目を離さずに祖母が告げた。

「うん。いつもありがとう」

祖母はすでに朝食を済ませていて、昼食には早い時間なので食べるのはわたしひとりだ。

荷物を置いて、コンロに載せられた鍋の蓋《ふた》を開けた。今日のみそ汁の具は大根と小松菜だなと確認し、おいしそう、と微笑んで火をつける。もっともおいしそうじゃない日はなく、毎度の儀式のようなものだ。そのまま店のほうに向かい、のれんをかきわけた。まずは店の様子を確認するのがなんとなく朝の習慣になっていた。

薄暗がりに駄菓子の並ぶ店内がぼんやりと浮かぶ。

おもての入口にシャッターはなく、引き戸を施錠しているだけだ。引き戸の上部はガラスになっているため、防犯のための目隠しとしてベージュのカーテンがかけられていた。そのため薄暗いが天気のいい日中であれば明かりをつけずとも、確認程度なら問題ない。

「よし、異常なし」

ルーティンワークのようにつぶやいて戻ろうとした瞬間、視界の端になにかが引っかかった気がした。なんだろう、ともういちど顔を店のほうに戻す。

店の商品はいつもの様子で、入口の引き戸にもカーテンにも異常は見当たらない。視線を下げ、ふと眉根を寄せた。引き戸の手前、三和土《たたき》の床の上に白いハンカチのようなものが落ちている。近づくと、折り畳んだ紙だとわかった。拾い上げ、ひろげた瞬間、さらに激しくわたしの眉間にしわが刻まれた。

『薄汚い外国人を出入りさせるな』


黒々と大きく、角張った文字で書かれている。

しばし呆気《あっけ》に取られたあと、ふつふつと怒りが湧いてきた。手が震え、紙にくしゃりとしわが寄る。

あまりに穢らわしく、びりびりに引き裂きたい衝動に駆られたけれど、これは大事な証拠品だと必死に思いとどまった。

閉じられた戸を睨《にら》みつける。古い木製の引き戸なので、施錠はしていても隙間から紙くらいなら容易に差し込める。金曜日の閉店後から今朝までに入れられたのだろう。

「楓子!」奥から祖母の大きな声が聞こえた。「鍋、噴いてるよ!」

あ! と慌てて台所に戻るのと、祖母がコンロの火を止めるのは同時だった。

あーあー、と思わず口に出る。みそ汁は沸騰させると風味が飛んで、味が落ちる。

しかし、いまはそんなことを憂えている場合ではなかった。

祖母が不思議そうな目を向けてくる。

「ずいぶん長いこと店のほうにいたね。薄暗いなかでなにをしてたんだい」

「これが、店の床に落ちていた」

渡すと、祖母の眉も激しくひそめられた。引き戸の隙間から差し込まれたものだろうと推測を語る。

「土日、店を確認することはあった？」

「のれんを分けてちらっと見ることはあったけど、気づかなかったね」

「やっぱり、このあたりの人だよね。仁くんが出入りするのを見て、それでこんな悪質なビラを寄越した」

「だろうね。仁くんは外国人じゃないんだけども」

「問題はそこじゃないよ！」

思わず大きな声が出て、ごめん、と小さくあやまった。

「仁くんが日本人だろうと外国人だろうと関係ない。こんな卑劣なことをした犯人を絶対に許しちゃいけない。まずは警察に通報するべきだよね」

警察？　と祖母は怪訝《けげん》そうに目を細めた。

「警察はこんなこと取り合ってくれないよ」

「こんなことって！」

「楓子、冷静になりなさい。現状、これがなんの罪になるんだい」
「仁くんを傷つけるようなビラなんだよ。これが罪にならないなら、なにが罪になるの？」
「べつに仁くんを名指ししてないじゃないか。外国人じゃないから、むしろ仁くんで
はないとも言える。しかも、彼の目に触れるようには投函されてない」
たしかにそうだけれども、名指しをしていないのは名前を知らないからだろう。対
象者を特定しないやり方は、言い逃れができるようにしているだけとも考えられる。
「だとしてもだよ、こんな卑劣な行為が許されていいの？」
悪意と差別に満ちたビラが、許されていいわけがない。
「街中で、公然と、特定の人たちを大声で誹謗《ひぼう》中傷する連中がいただろ。あれほど大
がかりで、より悪質な彼らでさえも、べつに捕まっちゃいない」
ヘイトスピーチ、か……。気づくと同時に、暗澹《あんたん》たる気分になる。
問題になった当時、取り締まる法律がなく議論になった。しかし結局実効性のある
法律はつくられず、一部の自治体が条例で規制するに留《とど》まったはずだ。そんな大々的
なヘイトスピーチでさえ、ほぼ野放しの状態なのである。店に投げ込まれた、対象も
漠然としたビラごときを警察が取り合ってくれるはずもなかった。

いくぶん冷静さを取り戻し、けれど自問しながら言葉を紡ぐ。

「うん。たしかにおばあちゃんの言うとおりだね。警察に訴えてもしょうがない。でも、こんな卑劣な行為をわたしは絶対に許せない。なんとかして犯人を捕まえたい」

「どうやって？」

「その前にひとつだけ確認させてほしい。おばあちゃんは、これで仁くんを排除しようなんて言わないよね」

「当たり前だろ」

「だったら、犯人はまたヘイトビラを投函する可能性が高い。店の前に監視カメラを設置するのはどうかな」

「犯人を見つけてどうするんだい。乗り込んで、糾弾するつもりかい」

「それはまた、そのとき考える」

「やめときなさい。そんな連中が言って聞くわけがないだろ。楓子まで目をつけられて、なにをされるかわかったもんじゃないよ」

「じゃあ、泣き寝入りしろっていうの？」

「無視してりゃいいんだよ。少なくとも仁くんの目に触れるようなことをしてこないかぎりはね」

「触れるようなことをしてきたら、そのときはもう手遅れだよ」

これ見よがしに祖母は大きなため息をつき、壁の時計に目をやった。

「そろそろ食事をしたほうがいいんじゃないのかい。この話のつづきは、また夜にしよう」

いったん時間を置いたほうがいい、ということなのだろう。当初の憤りは収まったけれど、腹の底ではまだどろどろとした黒い感情が渦巻いていて、冷静に物事を考えられる状態でないことは自覚できた。

そうだね、と乾いた調子で答えて、食事の準備に取りかかる。

なぜわたしと祖母がぎすぎすしなくてはならないのか。そう思うと再びどろどろが蠢《うごめ》いて、嫌になった。

そのあと食したみそ汁はやっぱりあまりおいしくなくて、それが沸騰させたせいなのか、くさくさした精神状態のせいなのかはよくわからなかった。

一日仕事をして、時間を置けば、自分が思っていた以上に冷静さを取り戻すことができた。

仮に犯人を突き止められたところで直接抗議する以外にできることはなく、それはかなり危険な行為だった。自身のみならず、店に危害が及ぶ可能性もある。明らかな脅迫や、器物損壊など、相手が一線を越えてこないかぎりは黙殺するのがいちばんだと結論づけるしかなかった。

その後も数日に一回のペースでヘイトビラの投函はつづいた。言い回しは変わっても内容は変わらず、名指しはせずに〝日本人でない者〟に対する憎悪に満ちた言葉が連なり、店から排除しろと要求するものだった。

剝《む》き出しの悪意は、想像以上に鋭利な刃《やいば》となって心に突き刺さってくる。たとえそれが自分に向けられたものではないとわかっていても、だ。

ビラを見るたびに心底嫌な気分になり、無視すればいいのだと言い聞かせても、しばらくはむかむかが収まらなかった。やるべきことを忘れたり、客への対応がぞんざいになったり、実務的な支障も出た。穏やかな気持ちが害されるのは、誰がなんと言おうと明白な傷害である。

でも、おかげで気づかされたこともあった。

仁は、いや彼にかぎらず、人種差別を受ける人はこれが日常なのだと。

ただ肌の色が違うというだけで、こんな剝き出しの悪意をぶつけられる。むろん肌の色に伴う差別だけではなく、人種や民族差別の根は深い。

当人が受ける苦痛はわたしの比ではないだろう。

差別をする人間はごく一部で、どうしたってなくならないのだから無視すればいい。そう考える人はいるだろうし、それも事実かもしれない。けれど、その「ごく一部の人」によって心が乱され、日々の平穏が脅かされる。無視しようとも、気にしないように努めようとも、自身のエネルギーは削られ、心の底には行き場をなくした澱《よど》みが煮詰められていく。理不尽さに叫びたくなってくる。

これが、差別を受けるということなのだ。ほんの入口にすぎないのだろうけど、わたしは理解することができた。

ビラは相変わらず閉店中に投函されていたので、子どもたちの目に触れることはなく、その点だけは救いだった。


最初のビラの投函から二週間が経《た》ち、仁の参加も六回を数えた。いちどだけ用事で欠席したものの、ほぼ毎回のように参加してくれている。ほかの子たちとの仲もさらに深まり、すっかりかすがい食堂に馴染《なじ》んだし、順調に料理も覚えている様子だった。

学校はもうすぐ夏休みだ。駄菓子屋かすがいはお盆と年末年始以外は学校の長期休暇中も平日は営業しているし、かすがい食堂も通常どおりおこなう予定だった。

「仁は将来、なにをやりたいとかはあるの？」

　買い物に向かう道すがら尋ねた。

「うーん……」両手を頭のうしろで組んで答える。「ゲームが好きだし、プロゲーマー、はさすがに難しいとしても、ゲーム会社で働けたらいいなーとは思ってる。それも大変だろうけど」

「へえ、ちょっと意外。どういうのやってるの？」

「最近はコンシューマより、もっぱらＰＣでＦＰＳかな。ネットで仲間と組んで対戦するの。知ってる？」

「ごめん。わたしはゲームはさっぱり」

「だろうね。そんな気がした」

　今日の買い物メンバーのもうひとりは翔琉だし、彼にかぎらず、そういやかすがい食堂でゲームの話が通じそうな人はいないなと気づく。無理やりなけなしの知識を引きずり出す。

「あれでしょ。銃で撃ち合う、サバイバルゲームみたいな」

「そうそう、知ってんじゃん」

　よかった。当たってた。

「でもさ、なんかもったいないよね──」そこまで言って、子どもの夢を否定するのは違うなと思い、慌てて付け足す。「ごめん。べつにゲームがダメってことじゃなくてね」

仁はそれに答えず、翔琉に別の話題を振っていた。意図的に話を変えた気配があり、少し失敗したなと思う。もっともこの件を引きずることもなく、いつもどおり買い物を終えた。

相変わらず人の視線はあるけれど、街の人も慣れてきたのか以前より気にならなくなったし、嫌な気持ちになる機会は減っていた。

鶏肉やごぼう、ニンジンなど必要な食材を購入し、帰路につく。

そして予想だにしておらず、同時に最も危惧していたことが起きた。

かすがい食堂のときはおもての戸を閉め、閉店を示すため目隠しのカーテンを引いている。ただし鍵はかけておらず、出入りも正面からおこなう。

わたしたちが買い物から帰ってくるのを見計らったように──実際、見計らったのだろう──ベージュのカーテンを背景に、おもて戸のガラス部分にビラが貼《は》りつけられていた。

避けようがなかった。仁も、翔琉も、その文言を目にした。

『忌まわしきガイジンは　この町から出て行け』


店の前で三人とも足を止め、しばし呆然《ぼうぜん》と立ち竦《すく》んだ。

我に返って一歩前に出ると、慌ててビラを引っぺがす。セロハンテープで貼られていた四隅だけがガラスに残り、そのひとつを腹立ち紛れに剝がしながら告げる。

「気にしなくていいからね。頭のおかしな人はいるから」

背中で聞いた仁の声は驚くほどに冷めていた。

「そういうの、初めて？」

「もちろん、そうだよ」わずかに声が震えた。

「嘘《うそ》っぽいなー。ちゃんと話してよ、おれは平気だから。嘘をつかれるほうが、嫌かな」

彼がかすがい食堂に通うようになって三週間は経つ。今日が初めてではないだろうと疑うのは当然だった。動揺をごまかすようにビラの残骸を丁寧に剝がし、手のひらで強く握りしめた。

「ちゃんと説明する。とりあえず、なかに入ろうか」

ベージュと言いつつも、すっかり日に焼けてくすんだ白色にしか見えないカーテンを睨《にら》みつけながら、そう告げるしかなかった。

これまでの経緯も含め、全員にすべてを話す覚悟を固める。こうなれば夏蓮と亜香音にだけ隠すわけにはいかないし、話すのならば中途半端なことはせず、すべてをきちんと伝えるべきだ。

ただ、戸を開けながら早口に「話は料理が終わって、食事をはじめてからにしよう」と翔琉と仁に告げた。いまからはじめると料理どころではなくなり、子どもたちの帰りが遅くなってしまう。食事がまずくなってしまうのは致し方ない。

今日も全員が揃っていて、台所では祖母と夏蓮、亜香音が変わらぬ様子で「おかえり」と出迎えてくれる。のれんを挟んでいるし、カーテンでおもての様子は見えないので、彼女たちがビラに気づくことはなかっただろう。

ふだんから表情の乏しい翔琉はともかく、わたしと仁のぎこちない様子を怪訝に思われたものの、「あとで話す」と告げてやり過ごした。もっとも祖母だけは勘づいたかもしれない。

料理が完成し、座敷で食卓を囲んだ。

鶏の照り焼きを二口ほど運んだところで仁の視線を感じて、小さくうなずく。そういえばいつも明るく、おしゃべりな夏蓮も今日ばかりは静かで、窺《うかが》うようにわたしを見ていた。静かに箸を置いて、ポケットに手を伸ばす。

「みんな薄々勘づいてると思うけど、いまからあまり楽しくない話をするね。食事がまずくなるかもだけど、ごめんなさい」

無駄に前置きが長いなと心中で苦笑しつつ、みんなに見えるようにビラをひろげた。

夏蓮が息を呑《の》んで口に手をあてて、祖母は顔をしかめながらゆるゆると左右に振った。亜香音はごはんを頬張ったまま口を固く結び、不機嫌そうに目を細める。

三者三様の反応を確認し、つづける。

「買い物から帰ってきたら、おもての戸に貼られてた。じつはこの手のビラは今回が初めてじゃない。仁がかすがい食堂に参加するようになってしばらくしてから、何度も投函されるようになったの。店が閉まっているあいだに引き戸の隙間からね。仁に知られたくなかったから、みんなにも黙っていた。でも今回は、買い物帰りにわざと見つかるようにビラは貼られてた。今後も同じようなことがつづくかもしれない」

「信じられない……」夏蓮が嫌悪感も露わに首を振る。「絶対に犯人を許せない」

うん、と亜香音も同調した。「ほんま最低やわ。誰がやったんか、突き止める必要があると思う」

「その点に関しては、以前おばあちゃんとも話をしたんだ」

初めてビラが投函されたときの祖母との議論を語った。

あれからヘイトスピーチを巡る状況については簡単に調べてみた。予想どおり、かなり常軌を逸した案件でなければ罪に問うのは難しいようだ。悔しいけれど、そういった〝事件〟に比べればこのビラは小さすぎる。公然となされてはいないので侮辱罪や名誉毀損《きそん》罪には当たらず、具体性に乏しいので脅迫になるかも怪しい。明白な傷害や損害が発生しないかぎり、警察が相手にしてくれないのはまず間違いなかった。

現状では仮に犯人を突き止めても直接抗議するしかなく、それには大きな危険を伴うことも説明した。

夏蓮は何度も首を横に振りながら、悲痛な表情で話を聞いていた。絞り出すように告げる。

「それじゃあ、泣き寝入りするしかないんですか」

あのときのわたしと同じ言葉だった。

「泣き寝入りする必要はないよ。あきらめるんじゃなくて、信念を持って堂々と無視すればいいんだよ」

詭弁《きべん》だとは思う。でも、うしろ向きではなく前向きに考えたかった。

「あのさ、ひとつ確認なんだけど」仁が手を上げる。「このなかでいちばん冷静なのは彼かもしれない。「このビラが示しているのは明らかにおれだよね。楓子さんは、おれをかすがい食堂から追い出すつもりはないってことでいいかな」

「当たり前でしょ！　こんな脅迫に屈したら、それこそ相手の思う壺《つぼ》じゃない」

「うん。ちなみに、これまでのビラは取ってる？　あったら見せてほしいんだけど」

毎度燃やしてしまいたい欲求に駆られたけれど、なにかの証拠になるかもしれないし、万が一に備えてすべて保管はしていた。

「いちおう取ってはいるよ。でも、どれもこれもひどいものだし、見ないほうがいいと思う」

「いいよ、慣れてるから。いや、こんなの慣れることはないけど、ちゃんと確認しておきたい」

祖母と視線を交わす。鼻から小さく息を吐き出して、祖母はうなずいた。

わたしは座敷の隅に置かれた小振りの箪笥《たんす》から、これまでに投函されたビラを取り出した。全部で四枚ある。

手渡すと、仁は手早く一枚一枚を確認した。隣に座る翔琉がぽつりと「どうして、こんなことが書けるんだろう」とつぶやいた。

ありがとう、と読み終わった仁がビラを返してくれる。

「言い回しは変えているけど、どれもこれも言いたいことは同じだね。おれを、ここから追い出したいようだ」

「うん。なにが気に入らないのかわからないけど」

「黒人という存在自体が気に入らないんだろうさ。理由も、理屈もない。日本でだってそこらじゅうに、普通にいる」

「そう、なんだろうね……」

暗い声で同意すると、祖母がパンパンと手を叩いた。ことさら明るい声で言う。

「さあさあ、この話はもうおしまいでいいだろう。みんな食事に戻ろう。冷めちゃうからね。これからもビラが貼られたりするかもしれないけど、気にする必要はないから」

そのとおりだ、とわたしも思う。これ以上、こんなくだらないことに時間を取られる必要も、気に病む必要もない。それこそバカらしいことだ。

夏蓮がこくこくとうなずき、食事を再開する。もっともこの間、亜香音だけは話を聞きつつも食事をつづけていて、らしいなと思っていた。

再開後はぽつぽつと散発的に会話が交わされる程度で、静かな食事となった。無理に明るくしようとしても空回りするだけだし、今日ばかりは仕方がないとあきらめる。大勢で卓を囲みながら会話のない食事は寂しいものだし、誇張でなく味わいが二割は減じると感じる。鶏さんに申し訳ないと思い、いつも以上に照り焼きを嚙みしめた。

いつにない静かな食事を終え、食後のお茶を淹《い》れたとき、ふいに仁が言った。

「考えたんだけど、おれは今日で最後にするよ」

え！　と何人かが叫んだ。

「それはダメ！」すかさず夏蓮が訴える。「こんな、卑劣な差別に屈しちゃダメだよ」

「そのとおりだ」祖母も加勢する。「こんなことをするのは品性下劣、性根の腐った人間だ。気にしちゃいけないよ」

仁はふだんとはまるで違う、感情のない顔でゆるゆると首を振った。

「みんなそう言う。差別に負けるな、差別に屈するな、って。でもさ、我慢して、通いつづけて、傷つくのはおれだよ」

夏蓮は、はっとした顔をしたあと、下唇を嚙んでうつむいた。

「みんなには感謝してる。そう言ってくれるのは素直に嬉《うれ》しい。それは本当に、そうだから。でもさ、どうもこの犯人は執拗《しつよう》だ。なかなかやめないから、おれの目に留まるように手口を変えてきた。今後も無視して通いつづけたら、さらにエスカレートするかもしれない。こういう連中を侮っちゃいけないよ。狂信者みたいなもんなんだから。身の危険を感じながら通いたくはないし、店に迷惑をかけることになるかもしれない。そうなったら、やっぱりおれがいちばんつらい」

悲しげな淡い笑みを仁は浮かべた。

彼の言葉は、深く心に突き刺さった。自分は、仁のことを第一に考えてはいなかったのではないか。いまになって、そんな根本的な事実に気づかされる。

彼が言ったとおり、差別に屈してはいけない、という妄執にわたしは囚《とら》われていただけだ。それは自身の信念であり、正義感であり、けっして仁のことを考えての結論ではなかった。ビラの一件を伝えなかったこともそうだ。彼を傷つけてはいけないと考えながら、実際は彼の身を危険に晒していたのではなかったか。

言葉の出ないわたしに代わって、祖母が答えてくれる。

「そうかも、しれないね……。でも、やっぱり残念だし、悔しいね。せっかく、料理も覚えてきたところなのに」

「ありがとう、おばあちゃん。悔しいのはおれもいっしょ。腹立たしいし、この犯人をぶん殴りたい。でも、こういうときは割り切るのがいちばん。おかげで少しは日本料理もわかってきたし、これからは別の方法を考える」

「せや！」と亜香音が人差し指を立てた。「変装したらどうやろ。そんで勝手口を使うとかして、犯人にバレへんように出入りすんねん」

それはダメだよ、と間髪を容《い》れず言ったのは翔琉だった。意外な人物の発言にみんなの注目が集まる。

「小細工はやめておいたほうがいい。いつか絶対バレるし、そしたら、犯人がなにしてくるかわからない」

そのとおりだな！　と仁が翔琉の肩を叩き、亜香音は気まずそうにぽりぽりと頭をかいていた。仁はさばさばした表情になっている。

「実際さ、おれはここにいていいのかなとは感じてたんだ。おれんちはまあ、けっこう裕福だし。この場所を必要とする子どもはほかにいるんじゃないかって」

「そんなこと考える必要ない」わたしは言った。

「うん、わかってる。でもとにかく、今日で卒業する。それがいちばんいいと思う。さっきも言ったけど、ほかにもいろいろ方法はあるはずだし。また、なにかあったら、力になってよ」

わたしは無言でうなずくしかできなかった。

夏蓮は悲しげな顔に精一杯の笑みを浮かべる。

「わたしにできることがあったら、なんでも言ってね」

仁は笑顔でサムズアップをした。

こうして彼のかすがい食堂は、一ヵ月に満たず終わった。

そして、ヘイトビラもぱたりとなくなった。

＊

長い夏休みが終わり、子どもたちが駄菓子屋かすがいに戻ってきた。

休みのあいだはやはり子どもの来店はかなり減ってしまう。店内が賑わっているのはやっぱり嬉しいものだし、日常が帰ってきたなと思える。

仁はあれからいちども姿を見せることはなく、夏休みが明けても駄菓子屋にもやってこなかった。気持ちの整理がつかないのかもしれないし、店に迷惑をかけまいと気を遣っているのかもしれない。

時間が経ったいまでも、彼から居場所を奪ったヘイトビラは許せなかった。見た目が自分とは違うというだけで、あるいは勘違いにせよ国籍が違うというだけで、なぜあれほどの憎悪を抱けるのか理解できなかった。理解したいとも思わない。

最初の時点から、もっと適切な対処の仕方があったのではないか。いまからでもできることはないか。ずっと考えつづけているけれど、明確な答えは見つかっていなかった。

「いただきます！」

夏休みが明けて、最初のかすがい食堂がやってくる。

なす田楽を口に運びながら、そっと夏蓮の様子を見やる。今日はずっと彼女の様子が気にかかっていた。いつもと同じようにしゃべっているし、笑ってもいる。でもどこかしら空元気のような不自然さがあったのだ。

みその香ばしさとなすの相性はやっぱり最高だなと、なす田楽を堪能しつつ、思いきって尋ねてみる。

「ねえ、夏蓮。もしかして、なにか悩んでいることとあったりしない？　杞憂《きゆう》だったらいいんだけど」

「せやせや」と亜香音も同意する。「夏蓮ちゃん今日はなんか変やよ。無理して笑ってる気がする」

祖母も、そして翔琉もこくこくとうなずいていた。

全員が気づいていたのか、と笑いそうになる。でも、このメンバーも長いし、気づくのが当然だよな、とも思う。

「あ、気づかれてたんだ」夏蓮はぎこちない笑みで困ったふうに首を竦めた。「だよね、わかるよね。あとで、タイミングを見て言おうと思ってたんだけど——」

そう前置きして箸を置くと、姿勢を正し、小さく息を吸い込んだ。

「わたしも、かすがい食堂を卒業しようと思うんだ」

え！　と全員が声を上げた。

「どどうして！」わたしは叫ぶ。「なにか、あったの？」

「大丈夫。とっても前向きな理由だから。みんな知ってると思うけど、わたしは摂食障害がきっかけでかすがい食堂に通うようになった。あれからもうすぐ一年が経とうとしてるし、おかげで、いまはほぼ完治したと言える。でも、わたしはこの場所が好きで、心地よくて、ずっといたいと思っていた。

先日、仁くんがやめることになったとき、彼言ってたでしょ。この場所を必要とする子はほかにいるんじゃないか、って。もちろん彼は自分の希望とはうらはらに卒業することになったわけだけど、その気持ちも事実だったと思うんだ。そのときから考えてた。わたしはもう充分に恩恵を受けたのだから、この席を次の子に譲るべきじゃないかって」

　夏蓮の言葉はとても端正で、それゆえにセリフめいていて、本当に彼女の本心なのだろうかという疑問が浮かぶ。

「わたしは、無理にやめる必要はないと思うけど」

　そうだね、と祖母があとを継ぐ。

「急ぐことはないよ。まだ手一杯なわけじゃないし、その、必要としている子が見つかったわけじゃないし」

「違うの――」夏蓮は静かに首を左右に振った。「理由はそれだけじゃなくて、次の夢が見つかったの。声優を目指そうと思ってる」

「声優？」祖母が戸惑った声で言う。「あの、アニメとかに声をあてる？」

「うん。アニメだけにかぎらないけどね。わたしはやっぱりお芝居が好きだし、演技するのが好き。でも、摂食障害を引き起こすきっかけになったのは容姿にまつわることで、俳優業に戻るのはやっぱり怖いし、まだ勇気が湧かない。

　最近は声優といっても露出する機会が多くて、容姿が求められる部分があるのは理解してる。でもやっぱり俳優に比べれば絶対条件ではないし、見た目の重圧も低いと思うし。俳優がダメだから消去法で選んだわけじゃないの。昔からずっと興味や憧れはあったけど、なかなかきっかけもなくて。

摂食障害が治る希望が見えてきて、いまわたしがやりたいことはなんだろうと考えたとき、声優以外にはなかった。俳優の世界と同じくらいプロになるのも、プロとしてやっていくのも難しいけど、悔いのないように挑戦してみたいと思ったの。それで、前の事務所でよくしてくれていた人に、摂食障害が治ったことの報告も兼ねて相談してみたんだ。いま言ったことも全部きちんと伝えて。向こうも負い目があったのか、本当に親身になって相談に乗ってくれて。で、その人の紹介で、高校に通いながら大手声優事務所の養成所に通うことが決まったんだ」

「そうなんだ！　すごいじゃない！」

わたしは純粋な喜びで手を叩いた。

「すごい、のかな。養成所に入るだけでも本当はすごく大変で、わたしはなんだかズルをしたような気もしてるんだけど」

彼女らしい困り顔の笑みで、首を傾けた。祖母が茶碗《ちゃわん》を持ちながら告げる。

「コネが使えることも才能のひとつだし、夏蓮の場合はこれまでがんばってきたことの成果だし、能力なんだから。なにひとつ恥じ入る必要はない」

「ありがとう、おばあちゃん」

「利用できるものは利用すればいいの。その代わり、自分もまた喜んで利用されたらいいんだ。変に考えすぎる必要はないさ」

祖母らしい言葉に微笑みつつ、「でもさ──」とわたしは言った。

「この先はやっぱり実力主義でしょ。それならわたしもなにひとつ気兼ねすることはないと思う」

「楓子さんも、ありがとう」

「話を戻すと、養成所の件もあってかすがいに来るのは難しい、ってこと？」

「うん……」再び寂しげな顔つきになる。「これまで以上に忙しくなる。学校の勉強も、声優のトレーニングも手を抜きたくないし、時間はいくらあっても足りない。悔いの残らないように全力で挑戦したい。だったら、つらいし、寂しいけど、この場所を卒業するのがわたしに必要なことだと思う」

彼女の言ったとおり、本当に前向きな理由だった。ならば反対する理由はなかった。全力で挑戦する夏蓮を、全力で応援したい。

声優業界のことを詳しくは知らないけれど、曲がりなりにもマスメディアの片隅にいた人間として、彼女の目指す道がとてつもなく険しい道だということはわかっている。十中八九、いや九十九パーセント、満足するかたちで夢は叶《かな》わないだろう。だからといって挑戦することに意味がないとは微塵《みじん》も思わない。

わたしはいちど挫折している。彼女もいちど挫折している。そのあとにまた新たな目標を見つけてくれたことが、なにより嬉しかった。声優の夢が絶たれても、真剣に挑戦したならば、また次の生き方が見つかるはずだ。

「わかった。そういう理由なら反対する理由はないよ。応援する」

「がんばってね」と翔琉が少し恥ずかしそうに言い、「もちろんあたしも応援してる」と亜香音がつづく。

「テレビから夏蓮ちゃんの声を聞くんが楽しみや」

「気が早すぎる。そこに至るまで、まだまだハードルだらけだから」

夏蓮は笑っていたけれど、やっぱり少し寂しそうだった。

＊

夏蓮が卒業し、かすがい食堂は一気に寂しくなってしまった。

前向きな卒業は紛れもなく喜ばしいことだったけれど、一時は四人だった子どもが立てつづけに半分に減ったのだから、そう感じてしまうのも仕方ないことだ。

そうして九月も半ばに入ったころ、客で賑わう駄菓子屋に仁がひょっこりと顔を見せた。スマホで連絡を交わすことは何度かあったけれど、姿を見るのは約二ヵ月ぶりだった。

「あっ、久しぶりだね！」自然と顔がほころぶ。「元気してた？」

「元気、元気！」

まったく変わらない笑顔で安心する。彼は駄菓子屋で知り合った子どもたちとも「久しぶり」と挨拶を交わしていた。こうやって学校や学年を越えてコミュニティが生まれることがあるのも、駄菓子屋のいいところだ。

ひとりの子とこぶしやひじを使った複雑なハンドシェイクを交わしたあと、帳場に近づいてくる。

「みんなも元気？」

「夏蓮は事情があって卒業したけど、相変わらず楽しくやってるよ」

「夏蓮さんが？　なんで？」

「いろいろ忙しくなるみたいで。とても前向きな理由だから安心して」

「そっか。じつはさ、今日は報告したいことがあって」

ポケットから折り畳んだ紙を取り出す。ヘイトビラのことを思い出して嫌な予感がしたけれど、渡された紙を促されるままに開いた。

《OBENTOをつくろうの会《かい》》

手書きの大きな文字が、まっさきに目に入ってきた。その下に会の趣旨がひらがなでの日本語と、英語で併記されている。

「うちの母親が中心になって、外国にルーツを持つ人を集めて日本の家庭料理の勉強会を催してるんだ。国籍に関係なくね」

「へえ、いいじゃない！　お弁当をつくるんだね」

「いや、わりとなんでもありの予定。ただ、そういう人が最初に困るのは、子どもが学校で『周りの子とお弁当が違う』って訴えることみたいでさ。だからお弁当を前面に出した名前にしたんだ。おれはあんまり気にしないけど、わかるのはわかる」

「すごくいいと思う。お母さん、立派だね」

「いやいや、全部かすがい食堂のおかげだよ」

え？　と思わず固まる。

「ここをやめた理由をどう母親に伝えようかと考えてたとき、いっそ自分たちで同じことをやればいいんじゃないか、って思いついたんだよ。母さんもすぐに賛同してくれて。だから結果的にはよかったと思ってる。いいアイデアを得ることができたし、おれも楽になったし」

　はは、と仁は笑う。

　差別の一件を正当化することはできないし、してはいけないけれど、彼の言葉が本心であることはわかった。

「そっか。こちらこそ、ありがとうだよ」

　ふいに、体の芯《しん》がじんと震えた。

　自分が思いつきではじめたかすがい食堂がきっかけで、新たな試みが生まれてくれた。これによって世の中がちょっとだけでも生きやすくなってくれれば、楽しくなってくれれば、これほど嬉しいことはない。ひとりができることはかぎられているけれど、繋《つな》がるほどに可能性はひろがっていく。

　仁がわたしの持ったチラシを指先で軽く叩いた。

「それでさ、楓子さんにひとつ頼みがあるんだ」

「わたしにできることであれば」

「このオベントウ会に、料理の講師役として来てくれないかなと思って。とりあえず一回だけでもいいから」

「講師役？」予想外の提案に、驚いて自分を指さした。「務まるかどうかわかんないけど、わたしでよければ」

まだまだ料理上手と呼ぶにはほど遠いけど、初心者に教えられる程度には経験を積んできたはずだ。そうだ、と思いつく。

「おばあちゃんにも聞いてみようか。おばあちゃんがいれば間違いなしだし」

「ぜひ！」仁は拝むようなポーズをつくる。「正直、楓子さんだけだと不安かなって思ってたんで」

「はっきり言ってくれるじゃない」

わざとらしく目を吊《つ》り上げて言ったあと、ふたりで大笑いした。

屈託のない愉快な笑い声に、ヘイトビラで感じた鬱憤が少し晴れた気がした。

# 第三話　母の真っ赤なオムライス

冷たい風が吹き抜け、露出した肌からさらに体温を奪っていく。

「うう、さっぶいねー」

翔琉、亜香音とともに買い物へと向かいながら、自身の体を抱いて震える。十月も半ばをすぎ、暦が「もう秋だったわ！」と急に思い出したように冷え込みだした。

四人の『かすがい食堂』にも少しずつ慣れてきていた。

「あ、そうだ。亜香音ちゃん」

翔琉が声をかけ、「これ」と言ってコートのポケットからなにかを取り出した。

「ああ！　持ってきてくれたんやね。ありがとう」

それはどう見てもテレビのリモコンだった。質屋の店主のように受け取ったリモコンを品定めして、亜香音は満足した様子でうなずく。

「きれいやし、ぜんぜん問題ないね。お金はまた戻ってから払うわ」

「べつにいいよ。いらないものだし」

「それはあかんて。お金の話は親しい仲でもきっちりせんと」

「ごめん――」とふたりの会話に割り込む。「ぜんぜん話が見えないんだけど。なんで亜香音が翔琉からリモコンを買ってんの？」

家のテレビがたまたま同じ機種で、亜香音の家でリモコンが壊れ、翔琉の家では使ってなくて、というストーリーも一瞬浮かんだけれど、そんな偶然があるとも思えない。

「ああ、これな。フリマアプリで売るねん」

「フリマアプリっていうと、スマホとかで売買できるやつだよね」

「そうそう。使ってる？」

「いや、わたしはないかな。って、リモコンが売れるの？」

「売れる売れる。リモコンが壊れるのはだいたい古い機種やん。それでも新品で買おう思たらかなり高《たこ》つく。一方でテレビが壊れたり買い替えたりして、使ってへんリモコンもいっぱい眠ってるやろ」

「なるほどねー。まさに個人売買だからこその需要と供給だ」

「うん。あとはワイヤレスイヤホンの片っぽだけとかな。壊れた家電とか、商品のシールやバーコードかて売れる。子ども服も着れる期間が短いから鉄板やな」

「もしかして、亜香音はいまフリマアプリでお金を？」

「うん。クラスの子が古いぬいぐるみを捨てるって話をしとって、それがきっかけでさ」

亜香音は「もったいない。ネットで売ればいいのに」と言ったのだが、その子は「めんどくさいし、もう古いし汚いし」と相手にしない。それならば安価に売ってくれと持ちかけたのがスタートだったらしい。パン代程度の小金で買い取った三体のぬいぐるみは実際かなり汚れていて、くたびれてもいた。しかし丁寧に洗って、最低限のリペアをしただけでも見栄えは劇的に改善した。

亜香音はスマホを持っていないので、母親の了承を得て、フリマアプリに登録。相場を調査して売りに出したところ、すぐに買い手がついたのだという。

「もともといいぬいぐるみやったみたいやし、充分に儲《もう》けさせてもろた。これまでもいろいろやってたんやけど、これは使えるかなって、本格的に動きはじめたところやねん」

中学生だとまともにアルバイトはできない。そのため彼女は自らの才覚でお金を稼ぐ方法を考えたいと、小学生のころから語るような子どもだった。

子どもが働くことの是非はともかく、亜香音自身は楽しんでいる節もあって、そのバイタリティは素直にすごいと思えるものだった。貧困という切実な事情もあるし、学業に影響が出ないかぎりは応援したいと思っている。

「ほかの人からいらなくなったものとか、売りたいものを安価に仕入れて、それをフリマアプリで売るってこと？」

「そういうこと」

「でも、フリマアプリなんて誰でも使えるものだし、わざわざ売ってくれるものかな」

「そう言うて楓子姉さんかて使ってへんのやろ」

「あっ、うん。そうだね」

「意外とみんな面倒くさがるもんやて。実際、洗ったり磨いたりして、きれいに写真を撮って、相場を調べて、文章を考えて、場合によっては買い手とやり取りして、梱《こん》包《ぽう》して発送するのはかなりの手間やし。それやったら二束三文でも捨てるよりましやって売ってくれる。

それに高く売るにはコツがいる。写真写りひとつでぜんぜん変わってくるし、売れる最大値で値付けする必要もある。手間暇を対価として受け取り、高く売るノウハウでさらに利鞘《りざや》を稼ぐ感じやね」

「なるほどねぇ。一種のリサイクルショップみたいなもんだよね」

「あっ！」と突然、翔琉が叫んだ。「それ、ダメかもしれない」

「ダメって、なにが？」

「中古品の売買は、免許とか、資格がいった気がする」

亜香音は「なんやのそれ」と寝耳に水といった感じだったけど、わたしも聞いた覚えがあった。すぐにネットで調べてみると、亜香音の行為は古物営業法に抵触する恐れがあることがわかった。

「自分の不要品を売るのは問題ないけど、他人の不要品を仕入れて継続的に売買すれば、それは事業と見なされるみたい」

「そんなんぜんぜん知らんかったわ。違法行為になるってことなん？」

「うん。きちんと届出をして、営業の許可を得ないとね。まあ、実際はグレーな行為は横行してるんだろうけど。転売も、場合によっては引っかかるみたいだし」

「そっかー」両腕を組みながら亜香音がぼやいた。「せやけど、どっちにしろこの商売の限界もすでに感じてたんよね。すぐに仕入れが先細りするのは見えとったから、自ら商品を生み出す必要があるとは考えとってん。それやったら問題ないよね」

もうそこまで考えが進んでいたのかと驚く。

「そうだね。それなら古物営業法には引っかからないかな」

「よっしゃ。そしたらまたいろいろ練り直しやな」

まるでめげない様子に頼もしくも、末恐ろしくも感じた。

今日は冷え込むことがわかっていたので、メインはクリームシチューと決めていた。玉ねぎ、ニンジン、ジャガイモに、マッシュルーム。そして定番の鶏《とり》もも肉ではなく、今回はホタテを使った。それらをホワイトソースで煮込む。仕上げにブロッコリーを加えて完成だ。

「いただきます！」

じっくりと煮込まれた具材が、とろとろのホワイトソースをまとうシチューをさっそくいただく。

野菜の滋味に、マッシュルームのやわらかさ、ホタテのむちむちとした食感がすべてホワイトソースと溶け合い、豊かでありながらも統一感のある味わいを表現している。口のなかで蕩《とろ》け、胃の腑《ふ》に落ちれば、蓄えられた熱が体のうちからほっこりと温めてくれる。

寒い夜のクリームシチューはやっぱり最高だね、と噛《か》みしめた。

いつものように料理を堪能しながら雑談を交わしていたとき、ふと思い出した。

どうしたものかと悩み、停滞したままになっているあの問題。亜香音に相談すれば、なにか突破口が見えてくるのではないか。

「ねえ、亜香音。相談に乗ってほしいことがあるんだけど」

「ふい。はに？」

口いっぱいに詰め込んだままの返答だったが、あまりに力が抜けていたせいで妙にかわいらしい。

「駄菓子をネットで通販してみたいと考えてるんだ。売上アップのためにさ。でも、無策でやっても難しいような気がしてて」

ライバルは多く、うちみたいな零細個人商店では価格競争で優位に立てず、そもそも見つけてもらうのが難しそうだということを説明した。

話を聞いてすぐに、「せやな。姉さんの言うとおりや」と同意して考え込む。正確には黙々と食べつづけた。たっぷり一分ほど経《た》ってから、亜香音は大きく首を揺らして呑《の》み込んだ。

「ストーリーと共感ちゃうかな」

「……えっと、もう少しわかりやすくお願いできますか」

「駄菓子はオリジナルやなくて、メーカーがつくった既製品を売るわけやろ。そしたら一般的には価格で差別化するしかなくなる。せやけど価格競争は消耗戦でしかないし、資本力があって数打てるところに敵《かな》うわけがあらへん。Amazonには勝てへんねん。

価格競争を避けて、ほかと差別化する方法もいろいろあるけど、この店の強みというか、使えるのはストーリーと共感やと思う。これを使うねん、これを」

亜香音は下に向けて人差し指を上下に揺らした。

「えっと、ちゃぶ台?」

「ちゃうわ！　かすがい食堂を使うねん。子ども食堂をやってる駄菓子屋、それだけでストーリー性があるやろ。せやけど駄菓子屋の稼ぎは厳しくて、このままでは店が維持できない。子ども食堂を守るためにも、皆さんのご協力をお願いしたい、と。そしたら共感して買ってくれる人は出てくるんちゃうか」

「なるほどぉ」

間違いなく亜香音には持って生まれた商売のセンスがありそうだ。少なくともわたしより。

かすがい食堂を出汁《だし》にするかどうかは一考する必要がありそうだけど、方向性としてはそれしかない。

「あれはどうかな――」と伏兵、翔琉の参戦。「定期的に送ってくるサブスクサービス。最近人気だし」

「おもしろいね！」わたしは人差し指を立てた。「駄菓子のサブスク。どうですか先生」

先生はやめて、と亜香音は顔をしかめる。

「いいと思うよ、サブスク。安定性があるし」

「そうなると詰め合わせだよね。駄菓子、千円分とか」

「サブスクであってもなくても、詰め合わせはええかもね。送料を考えるとまとめて売らんとかなり割高になってまうし、詰め合わせやと人気薄の商品の在庫調整に使える」

「ふむふむ、なるほど」

「選べるようにしたらどうだい」と今度は祖母。「大人に向けたなつかしの駄菓子セット、子ども向けの駄菓子セットとか」

「それだったらさ、酒の肴《さかな》になる駄菓子セット、ってのもいいよね」

「選べるのは大事やと思う」と亜香音。「一種類しかないと、買うか買わないかの二択になる。種類があると、どれを買うか、と無意識に誘導できる。あとこれも古典的やけど、松竹梅と値段が三ランクあったら、真ん中のランクがいちばん売れる。客単価を上げるときに使える手法」

その後も食事をつづけながらいろんなアイデアが出てきた。

けれどいちばんの効果は、本腰を入れて動き出そうと、一歩を踏み出す気持ちが芽生えたことだった。もっと早くに聞けばよかったとも思うのだが、切羽詰まった状況でないとなかなか動き出せないのが人間である。

＊

押し入れ特有の饐《す》えた臭《にお》いに思わず顔をしかめた。

かと思えば、段ボール箱に無造作に詰められた古い写真アルバムを見つけ、華やいだ声が出る。

「わぁー、なつかしい！　これ、わたしの子どものころのやつだよね」

「あんたは開始五秒で脱線するね」

「いいじゃない。お約束、お約束」

うきうき気分で取り出す。アルバムのなかでは幼少期の自分が、無邪気な笑みや泣き顔を見せていた。まだぎりぎりフィルムを使っていた時代のものだ。わぁ〜、と声が溢《あふ》れる。色褪《いろあ》せた感じがより味わい深い。

このあとはだんだんとデジタル化していって、折に触れてプリントしたものはあったけれど、大半はデータとして眠っているばかりだ。

このアルバムでいちばん新しいわたしは、小学二年生くらいだろうか。おかっぱ頭で、なんだかきょとんとした顔をしている。そうだったそうだった、この歳《とし》のころはいつもぼんやり顔で写っていたなと思い出し、自然と笑みがこぼれた。

アルバムはたっぷりとあって、わたしが生まれる前、母や祖母がうんと若いときのものもあるはずだ。二冊目に手を伸ばそうとしたとき、祖母の叱責《しっせき》が飛んできた。

「こら！　目的を忘れなさんな」

「はーい」

渋々返事をして、ちゃんとやるかと気合いを入れる。

今日の目的は、押し入れの整理だ。先日の亜香音とのやり取りを話したとき「うちの押し入れもたいがい不要品だらけだし、整理して、売れるものは売ったらどうだい」と祖母が提案した。売って得たお金は、かすがい食堂の運営費の足しにしようという計画である。

フリマアプリのやり方やノウハウは亜香音に聞いて、そのお礼はするつもりでもあった。それなら古物営業法には引っかからない。意外なお宝が眠っているかもしれないと、わたしは密《ひそ》かに期待していた。

店が休みとなる土曜日の日中、二階にある祖母の居室の押し入れを物色していく。お宝はもとより売れそうな不要品は意外と見つからないもんだなと感じつつも、整理は順調に進んだ。そうして押し入れのさらに奥地へと探索の手が伸びたとき、ふいにそれは見つかった。

「あぁー！」

見つけた瞬間、大きな声が出た。

「うるさいよ。近所迷惑だろ」

「あ、ごめん。あぁ、でも、ここにあったんだ……」

「なんだい？」

「これよ、これ」

「ああ、なつかしいねぇ」

布でできた二体の人形だった。

たしか大学生のときだったか、この人形はどこに行ったのだろうかと急に思い出し、捜し回った記憶がある。この部屋の押し入れを漁《あさ》ったかどうかは覚えていないけれど、さんざん捜したのに見つからなかったのはたしかだ。捨てたはずはないので、どこかにあるはずだと思いつつ、それからまた降り積もる記憶の底に埋もれていった。

「おばあちゃんも、覚えててくれてるんだね」

「当たり前じゃないか。ずっと飾ってたんだから」

この人形を受け取ったのは、そうだ、小学二年生のときだったはずだ。くれたのは、ほかならぬ両親である。

このころのわたしは、おかっぱ頭で、どことなくぼんやりした顔の女の子だった。

わたしは鉄棒をしていた。

くるくると、鉄棒で前回りをしていた。

運動神経は特別よかったわけでも、特別悪かったわけでもない。鉄棒が取り立てて得意だった自覚はないけれど、けっこう好きだった気がする。

場所は、風景の記憶からしておそらく学校だ。昼休みだったのか、放課後だったのかははっきりしない。

隣の鉄棒にはカナちゃんがいた。長い髪を耳のあたりで左右で結んだツインテールにしていて、お嬢さまっぽい雰囲気のある女の子だった。

このころはとても仲がよく、たいていいっしょに遊んでいたように思う。でもたしかクラスが別々になったかでいつの間にか遊ばなくなり、そのまま縁が切れた。苗字《みようじ》は思い出せないし、漢字もわからない。とにかくいつもカナちゃんと呼んでいた。

彼女は鉄棒が苦手だった。苦手だったのかそれが普通だったのかはわからないけれど、わたしみたいに鉄棒に摑《つか》まったままくるんと回ることができなかった。前回りすると必ず地面に足が着いてしまい、しかもかなりの確率で手を離してしまって、尻餅をつく羽目になる。

わたしは鉄棒を教えるためにカナちゃんに付き合っていた。

「きゃぁ！」

悲鳴を上げて、また尻餅をついていた。隣で見ていても、とても危なっかしい。

もぅ……、とカナちゃんは早くも泣きべそをかきそうになっていた。

「こんなの絶対無理だよぉ」

「そんなことないよ。簡単だよ。こうやって、こうするんだよ」

わたしは華麗にくるんと回ってみせる。

「フウちゃん見てると、簡単そうなんだけどな」

「だから簡単だって。こうやって、こうだよ」再びくるん。

「だからそれじゃわかんないって」

「そんなこと言ったって、こんなの説明できないもん」

いや、説明はできる。でも小学二年生のわたしは、身体感覚を説明する術《すべ》も、語彙《ごい》力も持ち合わせていなかったのだ。まったく役に立たない指南役である。

それでも果敢にカナちゃんはもういちど前回りに挑戦し、案の定またぞろ尻餅をつき、さらに勢いあまって後頭部を地面にぶつけていた。

「いったぁい。もうやだぁー！」

服や髪についた土を払いながら今度こそべそをかいた。

「簡単なのになー」

わたしはそんな彼女を気にせずくるくる回る。子どもというのは薄情なものである。

カナちゃんはすっかりあきらめ、ふてくされた様子で鉄棒に寄りかかっていた。体に合わせてツインテールが揺れる。

「いいもん。今日はオムライスつくるってママ言ってたし」

前回りとオムライスがどう繋《つな》がるか謎だけれど、それよりなにより聞き捨てならないことがあった。

「え？　オムライスって家でつくれるの？」

「え？　フウちゃん家《ち》はオムライスつくらないの？」

わたしと同じくらいカナちゃんは驚いた顔で言った。同じ驚き顔で、ふたりはしばし見つめあった。

オムライスの存在は知っていた。でもそれはレストランなど、外でだけ食べられる特別な料理なのだと思っていた。オムライスだけでなく、ごはんとみそ汁の出てこないタイプの料理は家で食べるものではない、というのがわたしのなかの常識だった。当然、オムライスが家でつくれるなどとは想像すらしなかった。

これって変なことなのかな、と子ども心に察しながら、わたしは控えめにうなずいた。

「うん。おばあちゃん、オムライスとかつくったことない」

「え？　フウちゃん家っておばあちゃんがお料理つくるの？」

カナちゃんは変なところに食いついてきた。

両親はグラフィックデザインの個人事務所を立ち上げて、夫婦で経営をしていた。この出来事の半年ほど前だったように思う。

しっかりと顧客を摑んでからの独立だったようで、開業からすぐに忙しく働いていた。ふたりとも根っからの仕事人間で、純粋に仕事を楽しんでいるのは子ども心にもわかった。休みの日に書店に行くと必ず、装幀《そうてい》を手がけた本をとても嬉《うれ》しそうに教えてくれたものだ。

その仕事人間っぷりは二十年近く経ったいまも、まるで変わらずにつづいている。

以前から母親の母親である祖母の家、つまり『駄菓子屋かすがい』に行って夕飯を食べることはままあった。しかし両親が事務所を立ち上げて以降は、夕刻にひとりで祖母の家に行くのが日常になった。寂しさはあったと思うけれど、強い不満を抱いていたわけでもなかったように記憶している。駄菓子屋かすがいもまた、自宅みたいな感覚だったのだ。ちなみに母方の祖父はわたしが幼少のころに他界していたので、ほとんど記憶にない。

「うん。そうだよ」とわたしはうなずいた。

「ママはなにしてるの？」

「なにって、お母さんは仕事してるもん」

「えぇー！　仕事しててお料理つくってくれないの？　ぜんぜん？」

「ぜんぜん。お母さんも、お父さんも、仕事が忙しいから、いつもおばあちゃんとふたり」

「えぇー、それ絶対おかしいよー」

「おかしくないよ。いろんな家があるってお母さんもおばあちゃんも言ってたもん。お父さんがつくる家だってあるって」

「えぇー、絶対おかしいって。絶対おかしいって。ママ言ってたよ、カナのこと愛してるから、毎日お料理がんばれるんだって。フウちゃんはママに愛されてないんだよ」

「違うよ！」

わたしは叫んでいた。

不思議とこのとき悲しみはなく、怒りだけがあった。けれどなにに怒りを抱いているのかもわからず、どう言い返せばいいのかもわからず、余計に腹立たしかった。

「違うよ……」

彼女の言葉は子どもっぽい偏狭さと決めつけに満ちていたけれど、いま振り返れば前回りができないことの鬱憤というか、無意識だとしても意趣返しの気持ちもあったのかもしれない。

それからカナちゃんとどんなふうに別れたのかは覚えていない。


その日も夕刻ごろに駄菓子屋かすがいに向かい、いつものように祖母とふたりで夕食を摂った。

おかずには大好物の里芋の煮っ転がしがあったことをはっきりと覚えている。子どもらしくない好物だろうけど、それくらい祖母のつくる和食はどれもおいしかったのだ。

でもその日にかぎってはあまりおいしいとは思えず、食が進まなかった。ずっと、カナちゃんの言葉が頭から離れなかった。

心配そうに祖母が尋ねてくる。

「どうしたんだい、楓子。今日はずいぶんおとなしいじゃないか」

「べつに、なんでもないよ」

「学校で、なにか嫌なことでもあったのかい」

「だから、なにもないって」

「そうかい。里芋の煮っ転がし大好きだろ。おかわりあるからね」

なぜだかわからないけれど、この言葉でわたしのなかでなにかのスイッチが入った。

「オムライス……」

「え？　オムライスがどうしたんだい」

「オムライスが食べたい」

「はぁ……。まあ、楓子が食べたいって言うなら、また今度つくってみようかねぇ」

「今度じゃなくていま食べたい！」

わたしは完全に食事する気を失って、お箸を叩《たた》きつけた。

「楓子！　わがまま言っちゃいけないよ。食べたいものがあるなら事前に言いなさい！」

昔もいまも、祖母は子どもの機嫌を取るようなことはしない。

「知らなかったもん。オムライスつくれるって知らなかったもん」

「いま知ったじゃないか。だから今度つくってあげるって言ってるだろ」

「違うもん違うもん違うもん。「お母さんが、お母さんが、違うもん！」

涙がこぼれはじめた。「お母さんが！」もうわけがわからなくなって、ぽろぽろぽろぽろと涙腺が決壊し、号泣した。ずっと我慢していた思いが、屈辱が、一気に溢れ出した。

わたしは母親を否定されたことが悔しくて悔しくてたまらなかったのだ。

祖母に抱きしめられながら、顔をぐしゃぐしゃにしてみっともなく泣きじゃくった。

ようやく少しは収まって、えっぐ、えっぐ、としゃくり上げながらも、鉄棒での会話をたどたどしく話した。

「――だから、だから、お母さんが、わたしのこと、愛してないって、カナちゃんが、カナちゃんが……」

盛大に鼻水をすする。祖母が優しく頭をぽんぽんと叩いてくれた。

「バカだねえ。そんなことあるわけないじゃないか。お母さんも、お父さんも、心から楓子のことを愛しているよ。だからお仕事をがんばれるんだ」

「だよね。カナちゃんは、間違ってるよね」

「うん、間違っている。家族のかたちも、愛のかたちも、ひとつじゃないんだ。それは絶対に忘れちゃいけない」

いま考えても子どもに聞かせるにはずいぶんと堅苦しい言葉だったし、小学生のわたしがどこまで理解できていたかわからない。けれど、救われたような気持ちになったのは事実だった。そして実際、この言葉は忘れなかった。

そのあと真っ赤な目のまま、ときおり鼻水をすすりながら食事のつづきをした。里芋の煮っ転がしはいつもよりしょっぱかったけれど、やっぱりおいしかった。

翌日は友達と遊んだあとかすがいに行き、夕飯までの時間を二階でテレビを見て過ごしていた。そろそろ閉店時刻だなと掛け時計を見たとき、客とのやり取りではなさそうな大きな話し声が一階から聞こえた。「楓子ー」と階下から呼ぶ声にびっくりして、慌てて階段を駆け下りる。

「お母さん!」

母親の美土里《みどり》だけでなく、きれいにひげを生やした父親の秋一《しゅういち》もいた。ふたりが事務所を立ち上げてから、平日の夜、店にやってきたのは初めてのことだった。

「お父さんも。どうしたの?」

母は一段高くなった座敷に腰かけ、スーパーのレジ袋を掲げた。

「今日はね、久しぶりにお母さんが夕飯をつくろうかと思ってね」

満面の笑みを浮かべる。けれどわたしは喜びよりも不安しかなかった。

「お母さん、料理、つくれるの?」

休日でも、両親はいっさい料理をしなかった。春日井家ではそこは徹底していた。

冷蔵庫には卵ひとつなかったし、醤油《しょうゆ》や砂糖はともかく、味醂《みりん》やケチャップすら置いてなかったはずだ。大半が外食か出前で、調理と呼べる行為は電子レンジでチンくらいだった。

わたしが心の底から不安そうな顔と声をしていたからだろう、母の頬が引きつる。

「あのねぇ。これでもあなたがもっと小さなころ、少しはつくってたんだよ」

離乳食くらいだけど、とぼそっと付け加える。

「大丈夫やって」父が自信満々に告げる。「おばあちゃんもいてるし」

「いや、あたしは手伝わないよ。そういう話だったろ」

電光石火で仲間割れ。もっとちゃんと話を詰めといてください。

言うまでもなく、祖母が昨日の話を両親に伝えたのだろう。そこで今日だけは仕事を早く切り上げて、ふたり揃《そろ》って店に来てくれた。いまになって思えば、それがどれほど大変なことだったか想像に難《かた》くない。

当時のわたしも、両親が自分のためにわざわざ来てくれたことはわかっていたと思う。それでもやっぱり喜びより不安のほうが勝っていた。

母と父が台所でばたばたと料理する姿を、心細く見ていた。母が先頭に立ち、父はアシスタントのような役割を務めていた。

最初は傍観を決め込んでいた祖母も、さすがに見るに見かねたのか、あるいは娘夫婦に殺されると感じたのか、途中からはそうじゃないこうじゃないと口を出していた。

ときおり上がる母の悲鳴と、別の意味での祖母の悲鳴とが交錯する阿鼻叫喚《あびきょうかん》のクッキングタイムが終わり、食卓に四人ぶんの料理が並べられる。

メニューはオムライスだった。

最も定番の、チキンライスを卵で楕円形《だえんけい》に包んだものだ。

とはいえ、楕円形と呼ぶのもためらわれるほどに歪《いびつ》なかたちで、チキンライスは派手にこぼれていた。卵は一部が破れているし、焼きすぎでふわふわ感がまるでない。

それでもわたしの前に置かれたのは、ほかの三人のより完成度は高かった。いちばん出来のいいものをあてがってくれたのだろう。ほかの三人は〝オムライスらしきもの〟だった。

そしてこれまた定番で、卵の上にケチャップで文字が書かれている。わたしは声に出して読んだ。

「うんこ?」

「違うわ!」笑いながら母が叫ぶ。「どうやったらそう読めんの? 『ふうこ』って書いてるでしょ。それとハートマーク」

「ああ……」

真ん中にハートがあって、そのなかに『う』が書かれているのだけれど、完全にぐちゃぐちゃで読めやしない。最初の『ふ』は右側がハートと一体化して『う』にしか見えず、比較的まともなのは『こ』だけで、『う』と『こ』であればほかに思いつく単語はなかったのである。

とにかく、と母がつづける。

「味は間違いないから。たぶん。じゃあ、いただきます」

「いただきます！」

オムライスにスプーンを入れる。じつのところ、この時点でわたしは密《ひそ》かに感動していた。レストランの達人だけがつくれると思っていたあのオムライスを、見栄えはどうあれ、母はつくってみせたのだから。

卵のなかからは真っ赤なチキンライスが姿を現し、口に運ぶ。

まっさきに抱いた感想は「ケチャップの塊？」だった。それくらいケチャップの味しかしなかった。

向かいでは父がゲホッ、ゲホッと噎《む》せている。

「な、なんやねんこれは。ケチャップの塊やないか」

さすが親子、考えることが同じだ。

「塊は言いすぎでしょ。たしかにちょっと濃いめだけど」

ちょっと、ではない。

祖母が尋ねる。「そういやあんた、味見した？」

「いや、してないけど」

祖母は額に手をあてて首を振った。いまならよくわかる。料理下手あるあるだ。

ごはんはべっちゃりしているし、卵はぱさぱさだし、わたしの知っているオムライスとはまるで違うものだった。でも、卵といっしょに——ただし、上にかけられていたケチャップはよけて——食べれば、それほど悪くはなかった。

途中で、どう？　と母に聞かれた。

「まあまあ、かな」

「えー。せっかくつくったのに、なんか物足りないなー」

「充分じゃないか！」「充分やろ！」

祖母と父から同時にツッコまれる母がおかしかった。

皿の端にハートと『ふうこ』のなれの果ては残ったものの、わたしはオムライスを堪能し、きれいに完食した。

食事を終え、片づけも終わってお茶が振る舞われたときに、母はまっすぐにわたしを見つめた。

「昨日のこと、おばあちゃんから聞いたよ」

いつになく真剣な声音だった。

「楓子に寂しい思いをさせてたのかな。それはほんとに申し訳ないと思ってる。でもね、わたしはやっぱり料理をするより仕事をするのが好き。自分の仕事に誇りを持っているし、仕事が楽しいし、これがいちばんわたしらしいと思ってる。

けどこれだけは覚えていて。わたしは楓子のことを誰よりも心から愛している。その気持ちだけは誓って言える。料理をつくってあげられなくても、母親失格だとも思わない。なぜなら自分の生き方を見せるのが、親としてわたしにできる最大のことだと思っているから。わかって、くれるよね」

母がわたしの頭にぽんと手を載せた。わたしはこくんとうなずく。

「わかってる。大丈夫」

父があとを継ぐ。

「ほんまはもっと楓子と過ごす時間が取れたらええねんけどな。いまがいちばん大事な時期やし、こういう商売は依頼を断るんも怖いしな」

母がぼそりと「子どもにそんなこと言ってもしょうがないでしょ」とつぶやく。

「とにかく、楓子に寂しい思いをさせてるんはお父さんらもつらいんや。あと、お母さんが誰よりも楓子を愛してるって言ってたけど、お父さんのほうが楓子を愛してるからな」

母がぼそりと「なに張り合ってんの」とつぶやく。

「気休めにしかならんやろけど、これを、お父さんとお母さんやと思ってくれ」

そう言って父は二体の人形を差し出した。

両親を模した手づくりの人形だった。布でできており、頭が大きくてかわいらしい。左手には茶碗《ちゃわん》を、右手にはお箸を持ち、足を投げ出してちょこんと座っている。デフォルメしつつもふたりの特徴をばっちり捉《とら》えていて、簡単な造りとはいえ、とても一日で作製したとは思えないクオリティだった。

母が自分の人形の頭をちょんちょんと叩く。

「当分はまだ、なかなかいっしょに食事をすることができないと思うの。だから、身代わりの人形。これをお母さんとお父さんだと思ってあげて」

「うん」

うなずいて、あらためて人形を見やる。

両親の思いは、温かな気持ちは、充分すぎるほどに伝わってきた。嬉しかった。

二体の人形は茶碗とお箸を持ちながら、太陽のような笑みを弾《はじ》けさせていた。

鉄棒でのカナちゃんとの会話、その夜に祖母を困らせたこと、母の手料理、人形を受け取ったときの記憶が駆け抜けるように思い出された。

あれからずっと、食卓では両親の人形といっしょだった。

最初はちゃぶ台の上に置いていたが、跳ねたソースがかかって染みがついたこともあり、座敷にある箪笥《たんす》の上に置かれるようになった。いつしか風景に溶け込み、成長するとともに意識することも減り、やがて祖母の家で夕食を摂ることもなくなった。

けれどまた、こうして戻ってきた。わたしも、人形も。

人形はずいぶんと色褪《あ》せ、くたびれてもいる。わたしは、どうだろう。

またぼんやりして、と祖母が声をかけてくる。

「今日はもう終わろうか」

祖母に釣られるように掛け時計を見て、そうだね、と応じた。そろそろ夕食の時間だ。多少は売れそうなものも見つけることができた。

両手に持つ人形を、そっと抱きしめる。

*

「本日のメニューはオムライスです！」

買い物に出かける前、翔琉と亜香音に発表する。

「へえ、なんか珍しいね」

「亜香音は初めてだっけ？」

「たぶん」

こういう単品系は、たしかにあまりかすがい食堂ではつくらない。チキンライスはともかく、卵は一皿ぶんずつ焼かなきゃならないので、人数が多いと段取りが悪くなるのが難点だった。いまは四人だけなので、その点は少しやりやすい。

買い物を終え、まずはチキンライスづくりから。

最初にごはんとバターを絡めたバターライスをつくる。ごはん粒がバターでコーティングされて、焦げにくく、ぱらぱらとした状態に仕上げやすい。

それから鶏もも肉とマッシュルームを加え、ケチャップと塩コショウで味を調え、最後にグリーンピースを散らせばチキンライスの完成だ。卵にかけるケチャップの量で味は調整できるので、味つけは控えめにしておく。

溶いた卵をフライパンに流し、軽くかき混ぜ半熟状になったら、皿に盛ったチキンライスの上にふわりと載せる。定番の楕円状にして包むのは手間がかかるし、難易度も高い。このほうが手早く簡単で、失敗もない。

最後は卵の上に、好きなようにケチャップをかければ完成だ。これもまた手づくりオムライスの楽しみだった。

翔琉は洋食屋で見かけるような中央から片側に垂れるベーシックスタイルで、亜香音は少し悩んで「あかね」と自分の名前を書いていた。

「ほんまは『商売繁盛』って書きたかってんけど、さすがにケチャップでは無理やね」

たしかに、と亜香音らしさに笑いを漏らす。

祖母は味が濃いのは好きじゃないということでケチャップはつけず、わたしはこれまたベタにハートマークなどを描いてみた。

それぞれの力作を前に手を合わせる。

「いただきます！」

スプーンを差し入れ、切り取った卵とともにオレンジ色に輝くチキンライスを口に運んだ。もっちりとしたライスを卵のふわふわが包み込み、ケチャップの甘みとプレーンな卵の味が溶け合う。くどすぎずあっさりしすぎず、ふたつの食感と味覚が混じり合うオムライスならではの味わいだ。

チキンライスはべたつかず、卵とのバランスも完璧だった。あの日の母親より上手にオムライスをつくれるようになった。

それでも――、わたしは食卓の上にあったケチャップを手に取り、卵が真っ赤に染まるほどに付け足した。

翔琉が驚く。

「それ、いくらなんでもかけすぎ」

「いいの。わたしはケチャップの塊みたいなオムライスが好きなんだよ」

簞笥の上でいっしょに食事をしている両親に向けて、わたしはそっと笑みを送った。

# 第四話　わたしの色、あしたの色

　自転車をマンションの駐輪場に停《と》めると、凍りそうな耳に手袋をあてて揉《も》むようにして温めた。師走《しわす》になり、いよいよ本格的な寒気がやってきた。自転車通勤のお供にそろそろニット帽かイヤーマフが必要になりそうだ。

　エレベーターに乗って十四階に上がる。

　短い玄関ポーチを抜けて焦げ茶色の扉を開けた瞬間「ん?」と眉をひそめた。廊下の向こうに明かりがついている。珍しい。

　室内ドアを開けると、案の定キッチンで水を飲む母親の美土里の姿があった。

「おかえりー。早いのね」

「わたしはいつもどおりだよ。お母さんこそ、珍しい」

「たまにはね」

荷物を椅子に置く。母のカバンもリビングにあり、テーブルの上にはコンビニの袋。

「いま帰ってきたとこ？」

「うん、そうだよ」

マフラーを取り、椅子の背に引っかける。次いで上着を脱いで、これも椅子の背に。

「お父さんは？」

「まだ仕事ー」

「でしょうね」

わたしも冷蔵庫からミネラルウォーターを出してコップにそそいだ。のどが潤うと同時にぶるりと震える。

両親は相変わらず月曜から土曜まで毎日遅くまで働いている。商売繁盛でなによりだ。そして相変わらず、料理はいっさいしない。

わたしは大学入学と同時に憧れのひとり暮らしをはじめたけれど、会社を辞め、『駄菓子屋かすがい』で働くのを決めたときに実家に戻ってきていた。大学の沿線にあるおしゃれな町の、けれど交通の便が悪いうえにみすぼらしいアパートだったし、かすがいには実家のほうが近く、自転車で通えるからだ。もちろん金銭的な理由もあった。

自室で手早く部屋着のスウェット――マンション前のコンビニならいちおうぎりぎり行けるくらいの恰好《かっこう》だ――に着替えると、暖房の効きはじめたリビングのテーブルでノートパソコンを開いた。

母は向かいに座り、缶チューハイを片手にコンビニのやきとんを食べている。カーソルを動かしながら「夕飯は？」と尋ねた。

「仕事しながら軽くね。これも、夕飯の一部かな。あなたもたまには晩酌に付き合いなよ」

「遠慮しときます」

まったく酒が飲めないわけではないのだが、体質的に気持ちよく酔えなくて、おいしいとも思えないのでよほどの理由がなければアルコールを摂取する気はない。

「ねー。なんでお父さんに似たんだろうねー。お母さん寂しいわー」

缶チューハイをぐびぐびと飲む。うちは母が上戸で、父が下戸だ。

「望んで下戸になったわけじゃないから。文句はわたしを産んだ親に言ってくれる？」

「んー、じゃあお父さんが悪いってことで」

これもいつものやり取りだった。やきとんを頬張りながら「例のやつ？」と母が立ち上がり、パソコン画面を覗《のぞ》き込んでくる。

「うん。ようやく完成が見えてきた」

駄菓子のネット通販計画だ。

いざ本腰を入れて動きはじめてみると、やはり考えなければならないこと、調べなければならないこと、学ばなければならないことなど、やるべきことは山のようにあった。

ひと口にネット通販といってもいろんな形態がある。

実際に事業を営んでいる両親にも相談に乗ってもらいつつ、検討の末、既存のネットモールに出店することにした。

固定費となる月々の出店料はそれなりにかかるし、マージンも取られるものの、無名の店舗がモール以外に店を出しても見つけてもらえるわけもなく、売上は見込めないと結論づけた。それに固定費がかかるといってもリアルな店舗とは違い、大失敗して撤退しても何百万と借金を抱えるわけでもない。

商品はひとまず駄菓子のみ。以前話し合っていたとおり、いくつかのコースでの詰め合わせにし、三つのランクを設けた。真ん中のランクのお得感を演出し、ここが売れ筋になるように内容や値段を綿密に設定する。選ぶ楽しさは残しつつ、ややこしくならないように留意した。

ただし『かすがい食堂』を利用するのはやめておいた。存在をあまり喧伝《けんでん》したくないのと、子ども食堂を出汁《だし》にして商売をするのは筋が悪いかなと考えたからだ。

その代わり、リアルの駄菓子屋であることは前面に出して「子どもたちの居場所を守るためにがんばっています」とアピールすることにした。それだけでも充分に他店との差別化、購入の動機づけになるはずだし、安心感にも繫《つな》がるのではと目論《もくろ》んでいる。

また、売れ筋の詰め合わせ商品はリアルの店でも買えるようにする予定だ。モール上で具体的な宣伝はできないが、実店舗の集客に繫がれば、月々の出店料の一部は広告宣伝費と捉《とら》えることもできる。

お世話になっている税理士にも相談したりと開業に向けて準備を進め、モールに出店の申し込みをして、必要な手続きをおこない、商品写真を用意するなどして、いよいよ詰めの段階になってきたところだった。

すでにある実店舗に加えてのネット開業だから、仕入れの問題などゼロからはじめることに比べれば格段に楽だったはずである。それでも考えることとやるべきことの多さに音を上げそうになったものだ。実際に動きはじめてみると、うまく行くはずがないとネガティブな気持ちに襲われることもたびたびだった。

けれど、とにかく一歩を踏み出さなければなにもはじまらないと自分を鼓舞しつづけ、ようやくここまで辿《たど》り着いた。

制作中の店舗ページの画面を覗き込んでいた母が「いい感じじゃない」と言う。

「ありがちな下品さがなくていいよ。さすが天才デザイナーの娘」

いろいろと制約も多くて思いどおりに行かないことのほうが多かったけれど、できる範囲でがんばってきたつもりだ。商品写真はネット通販の勘所だと思えたので、撮影やレタッチなどは両親の力を大いに借りた。祖母の言葉どおり利用できるものは利用させてもらう。

「でしょ。まだ気に入らないところはいっぱいあるんだけど」

「そういうのは少しずつ改善するから楽しいのよ」ぽん、とわたしの肩を叩《たた》く。「ま、うまく行くって」

「根拠はなに?」

「わたしの娘だから」

いしし、と笑って缶チューハイを飲み干した。

成功するかどうかなんてわかりはしない。でも出店までこぎ着けられたのは、たしかにこの母の娘だからかもしれない。両親とも最初から一貫して背中を押してくれたし、うしろ向きなことはいっさい口にしなかった。失敗しても死ぬわけじゃない、という母譲りの当たって砕けろ精神はわたしのなかにも流れている。

母は新しい酒を取りに冷蔵庫に向かった。

「ネットで大成功して、早くわたしを楽させとくれ」

パソコンとにらめっこしたまま答える。

「仮に、万が一そうなったとしても、まだ隠居する気はないでしょうよ」

「たしかに」

二本目の缶チューハイを掲げ、楽しそうに母は笑った。

＊

駄菓子屋かすがいに、もこもこのダウンジャケットを着た仁の姿があった。

夏休み明けに《OBENTOをつくろうの会》の講師打診のために来店してからは、以前ほどではないものの、仁は再び店に姿を見せるようになっていた。幸いにもあれからヘイトビラの事件は起きていないし、そのことは率直に彼にも伝えていた。

冬の初め、こんなやりとりがあった。

「やっぱり、寒いのは苦手だったりするの？」

「それはダメだね。偏見に基づく発言は差別の入口だよ」

「あ、ごめん……」

「まあ、女性よりは寒がりじゃないけど、ロシア人よりは寒がりかな」

「……それも偏見に基づく発言じゃない？　しかもかなり入り組んだ」

「あ、バレた？」

そしてふたりで大笑いした。

とはいえこの一件は、仁の優しさに甘えてはいけないと自分を戒めることにもなった。相変わらずうまく笑いに転化してくれているけれど、彼の言葉には忘れがちな事実も含まれている。

ほかの子としゃべったり買い物をしたり、何度か店のなかと外を出入りしたあと、ふらっと仁が帳場に近づいてきた。エアポケットのように客の数が減った頃合いだったので、なにか話があるのかなと考える。予感は当たっていた。

「じつは楓子さんに相談があって。かすがい食堂に参加させてほしい子がいるんだ」

「知り合い？」

「オベントウ会に参加してくれている人の子なんだけど」

「わたしも会ったことある?」

例の《OBENTOをつくろうの会》にはすでに二度ほど講師役としておじゃましていた。仁の家のキッチン――いわゆるアイランドキッチンで、驚くほど広かった――を使い、参加者は真剣に日本の家庭料理を学ぼうとしつつも、笑いの絶えない楽しい会だった。日本語の不自由な人も多かったけれど、互いに補ったり通訳したりして、さまざまな言語が飛び交うさまは活気があった。何人か子どもが交じっていたのも覚えている。

「いや、わりと最近だし、なかったはず」

「そっか。なにか特別な事情があるとか」

「単純に貧しいのが一点。それプラス、日本に馴染《なじ》む助けになるんじゃないかと考えた」

「なるほど」

ベトナム人の女の子で、名前はティエン。現在小学四年生で、日本で働く母親に呼び寄せられて、昨年の春に東京にやってきたらしい。

当然ながら断る理由はなかった。

「もちろん歓迎するよ。ただ、前にも伝えたけどかすがい食堂は原則として子ども限定で、そこは大丈夫かな」

「うん、問題ないはず。その代わり、少なくとも初回はおれも参加していいかな」

「もちろん！　そのほうがいいと思うし、すごく助かる」

見知らぬ人ばかりの場所に来るのは、外国人であろうとなかろうと不安に違いない。かすがい食堂初の外国籍のお客さんだし、異文化交流に慣れている仁の存在は心強かった。

そうそう、と仁が付け加える。

「もう平気かもしんないけど、見た目は日系日本人とあまり変わんないし、例のあれも大丈夫だと思う」

いたずらっぽく言う。ヘイトビラのことだろう。こちらとしては苦笑で返すしかなかった。


三日後の金曜日、かすがい食堂にティエンを迎える日がやってきた。

仁とともに姿を見せた彼女は小柄で、華奢《きゃしゃ》な印象の女の子だった。自分の子ども時代を思わせるおかっぱ頭をしている。表情には多分に怯《おび》えが滲《にじ》んでいて、かなり不安を抱いているように見えた。

　なるべく明るい声と表情を心がける。

「初めまして。わたしは、楓子。この、子ども食堂をやってるの。よろしくね」

「ティエン、です。よろしくおねがいします」

　細い声で彼女は答えて、頭を下げた。とてもかわいらしい。日本語の受け答えは、ゆっくりと話し、日常会話であればある程度はできると聞いていた。

　翔琉と亜香音も紹介したあと、かすがい食堂の説明をする。

「これから買い物に行って、みんなで料理をするの。わかるかな」

「はい。かいものと、りょうり。わかります」

「うん。不安を感じる必要はないからね。ここにいるみんな、肌の色も、生まれも、国籍も、関係ないから。みんなおんなじだから。安心して、楽しんでね」

　ティエンはやや困り顔で、ぎこちなくうなずいた。あまり理解できなかったかなと考える。翔琉や仁とともに、今日は四人で買い物に向かった。

「食べられないものや、苦手な食べ物はある？」

　しばし宙を見上げたあと、指を折りながらティエンは答えた。

「なっとう、なす、セロリ。あと、なまえわからない、ねばねばしたもの。にがて、です」

ねばねばしたものとは、おくらか長芋かもずくか、はたまたモロヘイヤか。いずれにしても今日の献立には支障なさそうだ。

話題を変えて、学校について聞いてみる。

「ティエンは普通の小学校に通っているんだよね。学校はどう？　楽しい？」

少し間があって、「はい。たのしいです」と答えてくれる。

「なにか困っていることとかない？」

「だいじょうぶ、です。みんな、やさしい、です」

「そっか。ティエンは日本語も上手だし、問題なさそうだね」

「好きな授業は、なに？」

翔琉が初めて声をかけた。彼なりに交流を図ろうとしてくれているのだと嬉《うれ》しく思う。この問いにもしばし考え込んだあと「たいいく」と彼女は答えた。

「体育かー」わたしは明るい声で受ける。「ティエンは体を動かすのが好きなんだね」

まずは青果店に到着した。

アレルギーや苦手な食べ物など、新しい参加者が入ったときには気を遣うようにしている。ティエンは食文化がまるで違う国で育ってきた子なので、より慎重に店頭で確認しながら食材を購入していった。

　その後も店やスーパーを回って買い物を終え、かすがいに戻ってきた。

「それでは、本日のテーマは《かすがいベトナム祭り》ということで、メインは揚げ春巻き。そして鶏《とり》のフォー風の味つけをした、冬野菜たっぷりスープ！」

　ティエンを迎えるということで、今回は迷うことなくベトナム要素を取り入れることにした。ベトナム料理といえば、やはり春巻きとフォー。それも完全に再現するのではなく、日本風のアレンジを加えたレシピを考えた。日越友好の料理だ。

　翔琉、亜香音には祖母とともに、フォー風味の野菜スープをつくってもらう。具材はニンジン、玉ねぎ、白菜、ジャガイモ、もやしの野菜類に、ウインナーを加えることにした。つくり方は一般的な野菜スープと同じながら、鶏がらスープの素とナンプラーを使い、少量のレモン汁を足してフォーのスープ風味に仕上げる。ナンプラーはタイの魚醬《ぎょしょう》なのだが、ベトナムの魚醬であるヌクマムと味に大きな違いはなく、今回は日本で手に入りやすいナンプラーを利用することにした。

　そしてわたしは仁とティエンとともにベトナム流の春巻きづくりだ。

「ティエンは、料理の経験はある？　えっと、料理、やったことある？」

「すこし、だけ」

「包丁、大丈夫？」

「だいじょうぶ」

「オッケー」

まずはエビやはるさめ、ニンジン、ネギなどの具材を刻み、豚ひき肉とともにしっかり混ぜる。ベトナム風味にナンプラーや塩コショウで味つけをして、肉だねの完成だ。

実際、ティエンの手つきは慣れた感じではなかったけれど、危なっかしいというほどでもなかった。指示した作業を、ゆっくり、丁寧にこなしてくれる。

つづいて濡《ぬ》らしたライスペーパーをまな板の上に敷く。ライスペーパーで包むのがベトナム流だ。

「こんなふうに、手前のほうに肉だねを細長く置いたら、手前から少し巻いて、そして左右を折り畳んで、さらにくるくるっと円柱状に巻いていく。簡単でしょ。なるべく空気を含まないように、きつめに巻くのがコツかな。ティエンは、春巻きつくったことある？」

「ない、です」ふるふると首を左右に振る。

「そっか。とりあえず、やってみよっか」

恐る恐るといった手つきでティエンは肉だねを置いた。もういちど順番に説明をして、動きを手ぶりで伝える。やや不恰好《ぶかっこう》さはあったけれど問題なく仕上がった。

「いい感じじゃない。上手、上手」

見上げるようにわたしを見た彼女の顔には、控えめながら初めて笑みが浮かんでいた。

「よし、じゃあ次はおれが」

つづけて仁も挑戦し、なかなかの手際を見せてくれた。あれからも自宅で料理をつづけていることが窺《うかが》える。

段取りよく進めるために、この工程はふたりにまかせ、わたしは順番に揚げていくことにする。こうして無事に揚げ春巻きも完成した。

今回は野菜スープがあるのでみそ汁はなしだが、ごはんは用意していた。ふたつの大皿にどんと揚げ春巻きが積まれ、すべての料理が食卓に並べられる。

「いただきます！」

まずは揚げ春巻きを、特製のタレにつけていただく。

ヌクマム代わりのナンプラーに、砂糖やレモン汁、唐辛子などを混ぜてつくられたヌクチャムと呼ばれるタレだ。甘みと辛みが混在する独特の味がする。レタスなどに香菜と巻いて食べたりもするが、手軽さを優先して今回は春巻きのみにしておいた。

パリッとした皮を嚙《か》み砕くと、なかからはみっしりと詰まった肉だねが口中に溢《あふ》れた。エビやはるさめが複雑な食感を与え、肉とともに豊かな味わいがひろがる。ナンプラーやヌクチャムの香味が、遠く、活気と喧騒《けんそう》に満ちた東南アジアにいざなってくれる。料理は最も手軽な世界旅行だ。

「これ、うまい!」ひと足先に野菜スープを口にした仁が、驚いた様子で告げた。

「フォーってのを食べたことはないんだけど、最高かも。コンソメよりぜんぜんいい」

手放しの賞賛だ。

わたしも急いでいただく。想像以上にフォーの風味が再現されていて、野菜やウインナーとの相性も抜群だ。仁が絶賛するのも納得のおいしさだった。野菜スープといえばコンソメが定番だが、それ以上に味わいが深く、それでいてくどすぎることもない。

「ほんと、おいしい!　野菜スープの新定番としてもおかしくないくらいだよ」

「わかる」

仁と親指を立て合う。亜香音も「うん、ほんまうまい」と賛同し、翔琉も納得顔でうなずいてくれた。

かすがい食堂で創作料理をつくることはあまりないし、思いつきのアレンジだったけれど、これまでの最高傑作かもしれない。コンソメスープと同じくらい簡単につくれるのもポイントが高い。

今日はいつにも増して大成功だなと自画自賛しつつ、ティエンに目を向けた。会話に加わることなく、ひとり静かに揚げ春巻きを食している。箸も問題なく使い、ごはんを含めて満遍なく食べてくれている。ただ、とくにおいしそうでも、まずそうでもなく、淡々と、という表現が相応《ふさわ》しい様子だった。

「どうかな、ティエン。料理はおいしいかな」

「はい。おいしいです」

「ベトナムの春巻きと比べてどう？」

あじは——、と言ったあと、しばし首を捻《ひね》る。

「すこし、ちがい、ます。でも、おいしいです」

「そっか、よかった。野菜スープも問題ない？」

「もんだい……？」

「野菜スープも、おいしいかな」

「はい。おいしいです」

日本語が堪能ではないから、受け答えが一本調子になってしまうのは仕方がない。それでも本当においしいと思ってくれているのか、どうしても疑問を抱いてしまう返答だった。ぎこちない笑みを浮かべるばかりで感情が見えないのも大きい。もちろんそれも緊張や、慣れない場所や状況での戸惑いから来ているものだと理解はしているのだけれど。

「えっと、ティエンは日本に来て二年くらいなんやよね」亜香音が語りかけた。

「はい。そうです」

「日本の食事には慣れたん？　給食はどう？」

しかしティエンは困り顔で首を捻《ひね》るばかりだ。早口すぎて聞き取れなかったのだろうと、「学校の、給食は、どうかなって」とわたしは助け船を出した。

「あっ、はい。きゅうしょく、おいしいです」

再び亜香音が今度は気を遣ってゆっくり尋ねる。

「給食、好きなおかず、なに？」

「えっと……さかな、おいしいです。にほんの、さかな、りょうり、いろいろ。すごいです」

「へえ、そうなんや。たしかに日本の魚は、種類も料理もいっぱいあるよね。じゃあさ、日本の学校はどうなん？　ベトナムと違うところ、いっぱいある思うんやけど」

またティエンはぎこちない笑みの困り顔になった。亜香音に悪気はなくともまた早口になっていたし、文法が複雑すぎて日本語ネイティブでなければ質問の意図が摑《つか》みにくい。

すかさず仁が「それよりさ――」と話題を変えた。

「ティエンが好きな、ベトナムの料理、教えて」

「はい――」

彼女がほっとしたような表情になったのが印象的だった。

その後もコミュニケーションが円滑に行かないところもあったけれど、おおむね穏やかに進んだ。初回としては充分にうまくいったのではないかと、わたしは感じていた。

片づけを終え、お茶のタイミングで秘密兵器を出す。

「デザートと呼べるほどのものでもないけど、もしよかったらみんな、これを食べてみない」

事前に用意しておいたお菓子を取り出す。

手づくりの〝きなこ棒〟だった。

当たりつきの爪楊枝《つまようじ》でお馴染《なじ》み、定番の駄菓子である。きな粉と水飴《みずあめ》とハチミツだけで、しかも驚くほど簡単につくれるのだ。今回はそれらに三温糖を少量加えて、味を調整していた。

「へえ、珍しいやん」

亜香音が目を輝かせている。たしかにかすがい食堂でおやつ的なものを出すことはまずない。

「先日たまたまつくり方を知ってさ。駄菓子を自宅でつくるって発想がなかったから、ちょっとおもしろいなって思って」

もちろん初参加のティエンに駄菓子を食べさせてあげようという思いがあった。

どれどれ、とみんなが爪楊枝を取り、きなこ棒に手を伸ばす。さすがに面倒なので、一本ずつ爪楊枝は刺していなかった。「おいしいやん！」という感想がまっさきに亜香音からこぼれる。

「めっちゃのど渇きそうやけど、癖になる味やわ」

じっくりと味わった翔琉は、

「お店のものより、少し甘いね。でも、すごく近い」

的確な批評だ。

遠慮しているのか、ティエンはまだ手を出していなかった。きなこ棒は知らないだろうし、得体の知れないお菓子に見えても仕方がない。そんな彼女を、仁が促してくれた。

「ティエンも、食べな。甘い、お菓子だ」

こくりとうなずき爪楊枝を摘《つ》まむと、ゆっくりとした仕草できなこ棒を口に含んだ。不安そうな顔で咀嚼《そしゃく》し、すぐにふわっと顔が蕩《とろ》ける。

「あまい、です。はじめての、あじ」

たしかにきな粉を固めたような食感は、初めての味わいだろう。

「よかった。しばらく保《も》つから、余ったぶんは持って帰ってもいいからね」

先ほど見せた自然な笑みはすぐに消えて、またぎこちない表情でうなずいた。もしかすると意味がわからなかったのかなと思い、帰り際に渡してあげればいいだろうと考える。

「でもこれ――」と再び翔琉。「すごく虫歯になりそう」

「たしかに！　ハチミツと水飴だからねー。みんなも帰ったらしっかり歯磨きすること。今日にかぎらずいつものことだけど」

「あたし歯磨き苦手なんよなー」と亜香音。

「どういうところが？」

「苦手っていうか、めんどくさいというか」

「あー、わかるけどね。だったらさ、歯磨きをしながら――」

「ティエン！　どうしたんだい！」

狼狽《ろうばい》を含んだ祖母の声に、わたしの言葉は遮られた。慌てて見やると、ほろほろほろほろとティエンは音もなく涙をこぼしていた。みんなの注目を浴びて、困ったような戸惑ったような表情になり、次の瞬間には一気にくしゃっとつぶれる。うつむき、溢れる涙を両手でしきりに拭《ぬぐ》いながらしゃくり上げる。

「ごめん……なさい……。わたし……もう……こられないです……」

涙とともに紡がれた言葉に戸惑いばかりが募る。

なにか、とんでもない失態を犯してしまったのだろうか。彼女を傷つけてしまったのだろうか。今日のかすがい食堂の出来事がフラッシュバックのようによみがえる。けれどうまく考えがまとまらず、おろおろするばかりだった。

ティエンは泣きながら何度か「ごめんなさい」という言葉を口にした。自分たちが気づかずに彼女を傷つけ、それでも彼女の心根の優しさからその言葉を吐かせていたとすれば余計に心苦しい。

ティエンの涙は止まらなかった。理由を問いかけることはできず、いまするべきことではないとも思え、仁に託して、自宅まで送り届けてもらった。

去り際、深々と頭を下げてくれたのは救いではあったけれど、同時にやはり、心は痛んだ。

＊

翌土曜日の午後二時ごろ、仁が定休日の駄菓子屋かすがいに来てくれた。

「今日はわざわざごめんね」

「ううん……」

そう答えたあと、つづく言葉は見つからなかったのか、不自然に薄い笑みを浮かべた。彼らしくない表情だった。

昨晩、ティエンを送ったあとと思《おぼ》しきタイミングで、彼から「今日のことで話をしたいので、明日以降で時間を取れますか」とメッセージが入った。明日でも日曜日でもいいとすぐに返答し、今日の午後、祖母も含めて三人で話をすることになったのである。

ちゃぶ台の上にはお茶とともに茶請けの大福餅が並ぶ。祖母が知り合いから貰《もら》ったものだ。かすがい食堂のときはいつも賑《にぎ》やかな雰囲気に包まれる座敷には、今日もまだ昨夜の余韻を引きずるように重い空気が垂れ込めていた。

まずはティエンを送ってくれた礼を伝える。

「昨日はありがとう」

「いや、おれも呼んだ責任があるんで。ティエンの口からは、まだなにも聞いてない。少し時間を置いたほうがいいかなと思って」

「そうだね。答えを聞く前に、わたしたち自身で考える必要もあると思うし」

そのために仁がこの場を設けたのはわかっていた。彼も小さくうなずく。

「楓子さんは、どう考えた?」

「うん。順当に考えれば、やっぱり嫌な気持ちになったからだと思う。少なくとも心地よくは感じられなかった。推測でしかないけど、理由のひとつはコミュニケーションの問題」

仁は大福餅を遠慮なく頬張った。

「まあ、仕方ないところはあるけどね」

「だとしても、彼女が疎外感を抱かないやり方は、もっとほかにあったんじゃないかなと思う。邪険にしていたわけじゃない。でも、お互いに気を遣いあってる状況は、すごく居心地が悪かったと思うんだ」

「そうなんだよな。相手が異常に気を遣ってると、居心地悪いんだよねー」

「仁も、そういうのある？」

「あるある。黒人とか人種の話とかがタブーになってる空気とか。ちょっとでもそういう話題に近づくと、とたんにみんなそわそわしだしたり。あの微妙な空気は、ほんとたまんない」

嫌悪感たっぷりに顔をしかめたあと、「流れで思い出したけど」と口調を変えた。

「細かい話だけどさ、亜香音はやたら『日本はどうか』って聞きたがってたじゃん。ああいう質問ってさ、日本はすごいだろ、って気持ちが透けて見えて、正直めんどくせーって思うよね。日本は素晴らしいって言ってもらいたがってるというか。

本人にその気持ちがあったかどうかって話じゃないよ。質問される側としては、そういうニュアンスを感じ取ってしまう。その手の質問は、ぶっちゃけ疲れると思うんだよ」

そうか、と仁の指摘を嚙みしめる。

亜香音の質問は、そこまであからさまだったわけじゃない。彼女にかぎらず、純粋な好奇心で「日本はどうか」と発せられる質問もあった。わたしもしていた。

でもティエンからしてみれば、自分の置かれた立場も含め、日本を褒めなければならないと無言の圧力を感じたとしてもおかしくない。それはやはり大きな心の負担になる。

ティエンの母親は日本に働きに来ている。ベトナムを「遅れた国」として見下している人々から、「日本はすごい」を暗に求められる場面も多いはずだ。なかにはあからさまに「日本に感謝しろ」と高圧的に接してくる人もいるだろう。傲慢《ごうまん》だし、たまったものじゃない。

たしかあのとき仁は巧みに話を切り替えて、彼女からベトナムの話を聞こうとした。それがどれほど彼女の気持ちを楽にしただろうか。

あたしからもいいかい、と祖母が湯呑《ゆの》みを置いて告げた。

「出した料理がまずかった可能性はないかい。まずかった、ってのは味じゃないよ。献立自体が、だ。楓子はよかれと思って考えたわけだし、あたしも賛同したんだから同罪なんだけど、どちらも本物のベトナム料理とは似て非なるものだっただろ。それがベトナム人の彼女からしてみると、受け容《い》れられなかったのかもしれない」

カリフォルニア・ロールみたいなもんだね、と仁が言った。

「そっか……」とわたしは腕を組んだ。そのことには思いが至らなかった。「みんながみんな、ではないだろうけど、ティエンがそう感じた可能性はあるよね」

「これぱっかりは人にもよるからね。あたしはカリフォルニア・ロール、いいと思うけどさ」

　外国人が寿司《すし》を知っていても、日本における文化的位置づけまでは思いが至らないように、文化圏が違う国の人間同士では齟齬《そご》が生じてしまうことがある。

「べつになんの問題もなかったかもしれない。ティエンは喜んでくれたかもしれない。でも、その可能性は事前に考えておくべきだったよね。結果オーライじゃいけない」

　こと料理においてはあまり及び腰になる必要はないだろうが、初回であればなおさら、もう少し慎重になるべきだった。

「今日、おれがいちばん伝えたかったことを、言ってもいいかな」

　仁はいつになく静かな口調で言って、わたしと祖母を交互に見た。

「楓子さんがティエンを迎えたときの言葉。一言一句覚えているわけじゃないけど、こんなことを言ったんだ。『生まれも、肌の色も、国籍も関係なく、みんなおんなじだから』って。覚えてる？」

　戸惑いつつ、うなずく。

「うん、言った。たしか、みんな気にしないから、安心してって」

「これ、けっこう危険な言葉なんだよね。カラーブラインドって知ってる?」

大きな不安を覚えつつ、ゆるゆると首を振った。仁がつづける。

「たとえばアメリカで、アフリカ系やアジア系、ラテン系の人に対して、あなたの肌の色は見ずに、白人と同じように扱うって宣言するようなこと。それってマイノリティの置かれた現実を無視して、見ないようにするってことに繫《つな》がるんだよね。みんな同じに扱うって言葉は、ときにひどく差別的で、暴力的なんだよ」

おれもたまに言われるんだ、と仁は乾いた笑みを浮かべた。

「同じ日本人だから、って。『自分は差別をしない』って宣言のつもりなんだろうけど、イラッとすることがある。日系日本人と、アフリカ系日本人が同じなわけねーだろって。この言葉を聞くたび、おれたちの存在を否定されたように感じる。マジョリティに迎合しろって言われているようにも感じる。もちろんその言葉を発したときの文脈にもよるんだけどさ」

苦い記憶が刺激された感覚とともに、ふいに思い出す。

たまに「おれは男とか女とか関係ない。完全に能力だけで判断する」とことさらに宣言する人物がいる。この言葉を聞くたびに、こういう人間ほど信用できないと脳内でアラートが鳴る。たとえどんな差別的な扱いをしても、性別ではなく、能力だけで判断したんだと事前に言い訳をしているように聞こえるからだ。それに会社にも、社会にも、まだまだ絶望的なほどに性差別は根強く残っている。男と、女の、置かれている現実はまるで違う。その事実を無視し、気づかないふりをし、改善する気もないと言っているように聞こえる。

仁は照れ隠しのように軽く首を竦《すく》めたあと、やわらかな表情でわたしを見つめた。

「楓子さんがそんな気持ちで言ったんじゃないことはわかってる。でも日本では圧倒的マイノリティのベトナム人の子に対して『みんなおんなじ』って言葉は、やっぱ言っちゃいけなかったと思う。無神経だったと思う。ティエンはそこまで日本語が堪能じゃないから、どうなふうに受け取ったかわからないけどね」

思い出す。その言葉を告げたとき、ティエンが困ったようなぎこちない笑みを浮かべたことを。

言葉がうまく伝わらなかったのかなと思っていた。でも、むしろ伝わったからこその表情だったとしたら——。

わたしは差別をしない人間だと思っていた。差別に憤る正しい人間だと思っていた。でも、マイノリティの人たちが生きる現実を、想像しようとすらしていなかった。

祖母が大福餅を菓子楊枝で切りながら、静かに告げる。

「甘みを際立たせ、味を引き締めるために、あんこにはほんの少しだけ塩を入れるんだ。知らなければ気づかない程度でも、入れると入れないとでは驚くほど味が変わる。気づかずに、ほんのちょっぴり入ってしまった言葉の塩でも、驚くほど誰かを傷つけてしまうことがある。悪気はなかった、なんてのは言い訳にならないんだろうね」

「だね。むしろ悪気のない差別のほうが、たちが……」仁が言葉を探す。「たちが悪い、という言い方はよくないかな。問題の根が深い、だね。本人は気づいてすらいないわけだから。面と向かって言われるヘイトスピーチのほうがきついのは当たり前。でも、言った本人も気づいていない無意識の差別のほうが圧倒的に多いわけだし、そのほうがいろいろしんどいよ」

さらになにかを言いかけた彼が、言葉を呑み込む気配があった。祖母がすばやく見《み》咎《とが》める。

「これまでにもかすがい食堂で、あたしたちの言動で、そういうのはあったんだろ。せっかくの機会だ、全部言ってほしい」

わたしも決意を込めて告げた。

「遠慮せずに言ってくれたほうが、わたしとしても嬉しい」

仁は口を一文字に結び、鼻から長々と息を吐き出した。

「わかった。ただ、本気で嫌だったとか、そういうことを言いたいんじゃないんだ。それはわかってほしい」

その前置きが彼の優しさをあらわしていた。

「いまだから言うけど、最初に会ったときの楓子さんはけっこうひどかったよ」

「えっ、ほんと……？」

「ひどいというか、典型的な感じだったというかさ。おれの姿を見て戸惑ってただろ。日本語が通じるかどうかってことも考えたはずだ。そういうのすぐにわかるから。だからあえてフランス語で話しかけたんだ。そのほうが笑いにできて気も楽だし。

そしてネタ晴らししたあと、楓子さんはこう言った。『日本語上手だね』って。おれが日本人である可能性を、まったく考えてない言葉。わかるよ。しょうがないとは思うよ。おれもネタにしてるわけだし、誰にも悪意なんてない。でもその言葉を言われるたびに、心のなかでため息はついちゃう。またこれか、って」

「うん。そうだよね……」

「そのあと、どんな流れだったかは忘れたけど、『日本人っぽいね』みたいなことを言ったんだ」

「たしか、酸っぱい系の駄菓子を好きだって言ったときじゃなかったかな」

「そうそう。それってさ、おれは日本人ではないって言ってるのと変わらないよね。ひどく差別的な言葉だよ。もしおれの見た目が日系だったら、絶対出なかったはずだ。楓子さんのなかに、いやほとんどの人のなかに、日本人は日系日本人しか存在していないんだ。多様性《ダイバーシティ》なんて言葉が虚《むな》しくなるくらいにね」

最後の言葉には寂しさが込められていて、余計に情けなくなる。

「いつか亜香音が言ってたんだ。おれがバスケ部をやめたって言ったら、もったいないって。何回同じこと言われただろ。そもそも周りにおれはスポーツやるべきって空気があって、嫌々入っただけだしね。

楓子さんも言ってたよね。おれがゲーム会社で働きたいって言ったら、もったいないみたいなこと。黒人は身体能力が優れてるから、スポーツしなきゃいけないのかな。インドアの趣味を持っちゃいけないのかな」

はっきりと覚えている。たしかにわたしは「もったいない」と言ったし、思ってしまった。それは女性に対して「料理をしないなんて女らしくない」と言うのと同じ、ひどい偏見にまみれた言葉だ。

仁の言葉に少しずつ熱が籠《こ》もっていく。

「ほかにも山ほどあるよ。リズム感あるんだろとか、ラップできんだろとか、あそこがデカいんだろとか。普通にしてるだけで怒ってるのって聞かれたり、なに考えてるかわからないって言われたり。だからいつも陽気に振る舞うようになったんだ。数学の成績がちょっとよかったら、教師でも意外そうにしたり。ブラックは計算できないとでも思ってんのかよ。普通に規則を守っただけでやたら褒めたり。ブラックは全員犯罪者とでも思ってんのかよ。

　偏見も、ステレオタイプも、あまりに日常すぎて麻痺《まひ》してる。さっきも言ったけど、無意識の差別はほんとに疲れるんだ。これは差別だろうか、これはおれがブラックだから言われたんだろうかって考えることもある。おれは考えすぎなんだろうか、おれは小さい人間なんだろうかって悩むこともある。だからなるべくいつも笑い飛ばすようにしてる。でもやっぱり、小さな鬱屈は少しずつ溜《た》まっていく。ときどき叫びたくなるよ」

　壁やちゃぶ台や、なにもない場所に視線をさまよわせながら、仁は一気に語った。

　わたしと祖母の存在を思い出したように順に見つめ、照れたように苦笑する。

「ごめん。つい吐き出しちゃった。おばあちゃんや、楓子さんに、ぶつけたかったわけじゃないんだ」

ううん、とわたしは首を左右に振り、飾りのない言葉を口にする。

「言ってくれて、よかった」

見た目や国籍によって「外国人」だと見なされる人の世界は、小さく、無意識で、悪気なく発せられる「見えない差別」に満ちている。

アフリカ系日本人である木村仁の生きている世界は、悲しいけれどわたしには実感することができない。日本で生きるベトナム人であるティエンの世界もしかりだ。でも、想像することはできる。そして奇妙なことに、わたしは仁の言葉に共感することができた。

会社員として働いていた時代、日々感じていた小さな鬱屈。

女であるというだけで、仕事の現場で軽く見られたり、低く見られるのは日常茶飯事だった。現場で「上の人間はいますか」と尋ねられたら、それはわたしが女だから聞いてきたのかと、つい考えてしまう。

職場で平然と交わされる、結婚したら女はどうせ辞める的な雑談。「実際、女はすぐに辞めるわけだし。統計的な事実として」と個を見ず、性差別を暗に肯定する発言。たとえ業務外であっても雑用は女の仕事だと思われること。女は恋愛がすべてであるような決めつけ。さまざまな文脈で発せられる「女はいいよな」。台本に含まれる女性蔑視《べっし》的なセリフに誰も疑問を覚えない事実。妻の手づくり弁当を褒め、羨《うらや》ましがる同僚。暗算できたことを褒められること。「今日は女らしいかわいい服だね」と褒められること。

世の中に蔓延《まんえん》する、無意識に発せられる小さな偏見や差別。

そのたびに引っかかりを覚えても、この程度のことを指摘したり注意したりしてもなにも変わらないし、空気が悪くなるだけだと考え、我慢してしまう。

仕事先で、あるいは店で、ぞんざいな対応をされたとき、相手は男に対しても同じ行動を取ったのか、それともやっぱり自分が女だからバカにした態度を取られたのかと、答えの出ない煩悶《はんもん》を抱える羽目になる。

いずれにせよ心の片隅に残るもやもやは消えず、エネルギーやモチベーションを削られて、こんな小さなことをくよくよ考える自分のほうが矮小《わいしょう》なのだろうかと思わされる。反応しても得をすることはなく、呑み込めば呑み込んだぶんだけ自分がすりつぶされ、摩耗する。

けれど男は、こういった見えない差別に日々晒《さら》される女の現実というのを想像したことがない。想像できない。

男には差別がない、鬱屈がないなんてことを言いたいわけじゃない。ただ、生きている世界が、現実感覚がまるで違う。

仁も、ティエンも、こういった見えない偏見や差別に日々晒されている。

人種差別と、性差別を、同列に語ってはいけないと思う。まったく性質の違うものだ。でも、日々見えない差別に晒されて、心がすりつぶされる感覚は、男よりは女の現実に近いものに思えた。

世の中の人間のほとんどは、自分は差別をしない、公正で善良な人間だと信じ込んでいる。でも現実は、無意識の差別を日々垂れ流している。女だって、男だって、日本人だって、外国人だって。

わたしは溢れ出した思いを見つめ、ふと我に返って体が勝手に動くように大福餅を口に含んだ。甘みの奥にあるかすかな塩みを、たしかに感じる。

湯吞みが、ことりと音を立てた。置いた湯吞みに語りかけるように祖母が告げる。

「以前ここで、人は人を見た目で判断する、って話をしたよね」

見つめられたわたしは小さくうなずいた。

「水島さんが来たときだよね」

仁に向け、髪の毛を染めたことで教師や親と対立し、家出した少女がここに来たことを掻《か》い摘まんで説明した。

祖母がつづける。

「人を見た目で判断するのは合理的な面もある、という話もした。髪の色によって不利益を受けることはあるし、それは仕方のない面もあると。でも、それはやっぱり偏見なんだよね」

「まあ、そうだよね。髪の色でその人の能力や性格は決まらないから」

「偏見に基づいて判断したら、それはもう差別だ。あたしは、差別を肯定していたことになる」

「でも……！」思わず声を張り上げる。「髪の色は自分で選択できるわけだし」

違うよ、と仁が静かな、けれど強い意志の込められた声で言った。

「髪の色は生まれつきさまざまだよ。仮に自らの意思で変えたとしても、個を見ずに、髪の色によって扱いを変えたらそれは紛れもなく差別だ。肌の色といっしょだよ。黒人を見て、頭が悪いとか、衝動的とか、だらしないと思うのは偏見で、それによって不当な扱いをすれば差別になるのと同じだ」

そのとおりだ。でも……うまく考えがまとまらない。

「わかってる」仁は小さく笑いながらつづけた。「おれだって真っ青《まさお》な髪のやつが来たら、攻撃的なやつだと思っちゃうよ。でも、そういった極端な例を挙げて反論するのも、違うと思う」

うん、とわたしは力なくうなずいた。

「人を見た目で判断するのは、合理的な面があるのは事実。でも、人を見た目で判断するのは偏見だし、差別に直結するのも事実」

世の中に溢れる偏見や差別はあまりに多く、わたしたちの意識もそう簡単には変えられない。人は差別するようにできている。差別をしない、というのは知識と努力の上にしか成り立たない。

「自分は常に差別しているんだって、自覚するしかないのかな。意識をして、減らす努力をすれば、多くの人がもう少し生きやすくなる」

そうだね、と祖母もうなずいた。

「そこからはじめるしかないんだろうね。あたしみたいな老いぼれだけでなく、若い人だって、子どもだって、残念ながら偏見から自由にはなれないものさ」

「うん。おれだってそうだ。みんな被害者であり、加害者でもある。どっちかだけの人なんていない」

そう言って仁は白い歯を見せた。

答えのない問題ではあるけれど、仁の本音を知れたことを含めて、いまこの話ができてよかったと心から思う。そして答えがないからといって、逃げることだけはしたくない。

「わたしたちがいまやらなくちゃならないのは、まずティエンのこと。至らなかったところは謝罪したいし、彼女の話もきちんと聞いて、今後もかすがい食堂に参加してもらえるようにしたい」

そうだね、と仁はうなずく。

「ただ、おれだってなにが原因だったのか、本当のところはわからない。まるで予想外の理由だったのかもしれないし」

「わかってる。それでも今日の話し合いは意味があったと思う」

「まずは──」思案するように祖母が告げる。「仁から話を聞いてもらうのがいいかもしれないね。いきなりあたしたちが出しゃばると、彼女も縮こまってしまいそうだし」

祖母は仁を見つめ、お願いできないかな、と頼んだ。わたしも頭を下げる。

「わたしからもお願い。そのあとで、できれば彼女と話ができる場を設けてほしい」

仁は慎重な口調で「わかった」と告げた。

「また今度、ティエンと話をするよ。時期は約束できないけど」

「べつに急ぐ必要はないと思うし。あとこれは、かすがい食堂の件とは関係ないとは思うんだけど——」

わたしはティエンに対して抱いている、ある懸念を伝えた。可能なら、そのことも確認してほしいと。仁は小さく驚きつつ、快諾してくれた。

杞憂《きゆう》であれば問題ないけれど、推測が当たっていればほっとくわけにはいかなかった。かすがい食堂が彼女の居場所になってくれたらいいし、そうでなくとも力になってあげたい。

あとは、仁に託すしかなかった。

*

「ありがとうございましたー」

たっぷりと大人買いしてくれたスーツ姿の客が去ったあと、大きく息を吐き出しながら時計を見やった。

そろそろ閉めるか、と心中でつぶやいたとき、戸口の人影が視界の端に引っかかる。目をやるのと、その人物が逃げるように駆け出すのは同時だった。咄嗟《とっさ》に声が出る。

「夏蓮……？」

彼女なら、店を覗いて声もかけずに立ち去るわけがない。でも高校の制服を着たその人影は、たしかに上村夏蓮だった。

考えるよりも先に体が動く。

「おばあちゃん！　すぐ戻る！」

すでに奥の台所で夕飯の準備をはじめていた祖母に向けて叫び、地面を蹴った。高校生に追いつけるかな、と考えながら完全に夜の帳《とばり》が降りた街路に飛び出す。

心配は杞憂に終わる。三軒隣にある写真館の店頭で、彼女は立ち止まっていた。うしろ姿だったけれど夏蓮であることは確信できた。ゆっくりと近づき、静かに声をかける。

「夏蓮、だよね。どうしたの？」

「ごめん、なさい……」彼女は弱々しく答えた。「逃げるつもりはなかったんですけど」

夏蓮が振り返る。写真の飾られたショーウインドウの光をぼんやりと受ける顔は、以前より明らかに痩せ細っていた。病的とまでは言えないけれど、また摂食障害がぶり返したのかと強烈な不安が湧き上がる。

わたしの不安を察したのだろう、夏蓮は寂しげに微笑《ほほえ》んだ。

「ちょっと、痩せましたよね。でも病気が再発したわけじゃないですから、それは心配しないでください」

「ほんとに？　だったらいいんだけど」

しかし、彼女がなんらかの悩みを抱えているのは間違いなかった。

「話というか、相談をしにきたんだよね」

「はい……」

夏蓮は疲れきったような表情をしている。

かなり深刻な話だと覚悟し、夏蓮を連れてかすがいへと戻った。おもて戸のカーテンを閉じて店じまいをして、奥の座敷で彼女と対峙《たいじ》する。かたわらでは祖母が料理をしていた。

彼女の相談とはなんだろう。病気のこと、学校のこと、声優のこと、友人のこと、いろんな可能性が思い浮かんでは消えていく。

小さく息を吸い、自らを鼓舞するように夏蓮は小さくうなずいた。

「お話ししたいことがあって来ました。楓子さんと、おばあちゃんには、ちゃんと伝えなきゃいけないって。覚悟を決めたはずなのに、楓子さんの顔を見たら、咄嗟《とっさ》に逃げてしまって……」

憔悴《しょうすい》に似た、自虐的な笑みを浮かべる。

「結論から言いますね。今年の夏、仁くんがかすがい食堂に通っていたとき、何度もヘイトビラがこの店に投げ込まれましたよね。犯人は、わたしの父親です」

「えっ！」

まるで予想していなかった話題、想像の埒外《らちがい》の事実に、思考がついていかない。

夏蓮の父親が、ヘイトビラの犯人……？

彼女はうつむき加減にじっとちゃぶ台を見つめ、淡々と語りはじめた。

「順番に説明します。気づいたのは、夏休みの終わりごろのことです――」

仁がかすがい食堂を去って、一ヵ月以上経《た》ったころだ。

夏蓮の家ではリビングに共用のパソコンがある。ただし父親は自分専用のノートパソコンを持っているので、使うのはもっぱら母親と夏蓮のみ。その母親も最近はタブレットを重用しているので、あまり触っていなかった。

「とはいえあくまで共用ですし、家族の誰が使ってもいいことになっています。ある日ブラウザを立ち上げたら、前回異常終了したことを示すアラートが出て、表示していたページを復元するか尋ねてきたんです。とくになにも考えずＯＫを選んで、表示されたのが、韓国を揶揄《やゆ》するような記事でした」

ニュースとも呼べない、国だけでなく国民性をも否定するような差別的な記事だった。

嫌悪感を抱きつつ、誰がこんなものを見たんだろうと閲覧履歴を辿《たど》ると、スタートは大手通信社の普通の国際ニュースだった。そこから検索なども交えながら、韓国に否定的なブログなど、いわゆる嫌韓系のサイトをいくつか経由していることがわかった。

両親のどちらなのか——。母親であればわざわざパソコンを使うとは思えず、父親である可能性が高いように夏蓮には思えた。

もちろんどのような意図で見たかはわからない。彼らの思想を嫌っていても資料として見ることはある。たんに怖いもの見たさだったかもしれない。しかし両親のどちらかがこれらのサイトを見たとすると、やはり気持ちが悪かった。

悶々《もんもん》とした日々を過ごし、数日後にあらためてブラウザの履歴を確かめたとき、夏蓮は眉をひそめた。新たな閲覧の記録が増えたからではない。嫌韓サイトの閲覧履歴が消されていたからだ。

「それでもう一段、疑念が深まりました。やっぱりうしろめたい理由があったんじゃないかって」

夏蓮は悩んだ末、父親の書斎を調べることを決意する。

普段は家族に知られないように、書斎のノートパソコンで嫌韓サイトを見ているのではないか。その日はたまたまニュースからの流れで、共用のパソコンにもかかわらず、つい癖でその手のサイトを見てしまった。しかし履歴を残すのはまずいとあとになって気づき、消したのではないか。

「家族とはいえ、他人のプライバシーを侵害するのは許されることじゃないと思います。でも、どんな非難を受けようとも、このまま放置することはできなかったんです」

当時の決断を思い返すように、夏蓮は苦渋を顔に刻む。祖母もいつしか料理の手を止め、台所に立ったまま険しい顔で話に聞き入っていた。

夏蓮はまず、父親のパソコンを調べようとした。しかしログインの暗証番号を求められ、父と自分の誕生日を入力してみたものの弾《はじ》かれたため断念。気づかれる危険は犯したくなかった。

次いで本棚を調べる。こちらもビジネス書や歴史関係の本、時代小説やミステリーばかりで、とくに眉をひそめるものは見つからない。何冊か確認したものの、カバーと中身が違っている本もなかった。ここまで来れば毒を食らわば皿までと、夏蓮はさらに室内を物色した。

「それは箱のなかに隠されていました。いわゆる嫌韓本と呼ばれるものが何冊も入っていたんです。冊数にしても、隠し方にしても、興味本位で買ったとは考えられません。わたしの父は、いわゆる嫌韓思想に染まっていたんです」

悲愴感《ひそうかん》さえ滲《にじ》ませ、夏蓮は言いきった。

今年の春、彩希をカラオケボックスから救い出すときにも会った、彼女の父親を思い出す。あらためて、名前すら知らないことに気づく。

背は低めだけれどがっちりした体格の、短髪で、実直そうな人物だった。彩希との話し合いの席では叱責《しっせき》したがるきらいはあったものの、それも含めて普通の、どこにでもいる善良な大人にしか見えなかった。

ちゃぶ台を見つめたまま、夏蓮の声音に憂いが混じる。

「歳《とし》相応に考えが古くさいところがあって、頑固なところもあって、そういうのは嫌いだったし、ときどき本気で腹が立つときもありました。けど、芸能活動にも理解があったし、わたしのことをいちばんに考えてくれているのはすごくわかったし、応援もしてくれたし、優しかったし、いい父親だと思ってました。わたしは家族に恵まれていると思っていました。でも、まさか——」

　怒りと、悔しさと、悲しみと、やるせなさがない交ぜになった叫びを吐き捨てる。

「最低の人種差別主義者《レイシスト》だなんて思わなかった」

　けっしてのどを振り絞った大声ではなかった。けれど煮えたぎる思いの込められた、あらんかぎりの絶叫だった。

　わたしは、そして祖母も、かける言葉は見つからなかった。

　同時に、ひとつの疑問が浮かんでいた。

「わかってます」まるで心を読んだように夏蓮は言う。「仁くんは、彼らが嫌う対象とは少しずれています。排外主義者からすればもちろん攻撃対象になるんでしょうけど、少し不自然さも感じます。これも結論から言うと、父は、勘違いをしていたんです」

「勘違い？」

「はい。そもそもあのヘイトビラって、変だったと思いませんか。初めて聞いたときは気づかなかったですけど、あとから考えたとき、すごく不自然だなって思ったんです。仁くんがかすがい食堂に参加したのは六月の下旬からでしたけど、その前から駄菓子屋には通っていたんですよね」

「そうだね。たしか、初めて店に来たのは、五月の、半ばくらいだったかな」

思い出しながら答えた。参加前に一ヵ月以上通っていたのは間違いない。

「でもヘイトビラが投函されるようになったのは、仁くんがかすがい食堂に参加してからですよね。もし犯人が近所の人ならおかしいんです。仁くんがこの場所に来るのが気に食わないなら、もっと早くにあったはずですから」

「気づいたのが、たまたまその時期だったのかもしれない」

「でも、仁くんがかすがい食堂を辞退して、ぴたりとヘイトビラは収まりましたよね。それもなんだか不自然だと思いませんか」

たしかに、とわたしは腕を組んだ。夏蓮の言うとおり、かなりちぐはぐではある。

そういえば……、わたしはあることを思い出し、ぶるりと震えた。最初のヘイトビラが投函されたのは、仁が二回目のかすがい食堂に参加した直後だったはずだ。そして彼が一回目のとき夏蓮は不参加で、二回目のときに初めて会った……。

「わたし、思ったんです。もしかしてヘイトビラの犯人は、駄菓子屋かすがいではなくて、かすがい食堂に仁くんを来させたくなかったんじゃないかって。かすがい食堂のメンバーを知りえた人物じゃないかって。そう考えると辻褄《つじつま》が合うんです。

でも、そんなことはありえないと思いましたし、そんな人物がいるとも思えません。

いろんな偶然が重なっただけだろうと考えるようにしていました」

彼女の葛藤は理解できるものだった。わたしたちの近くに犯人がいたなんて考えたくないし、ありえないと思うのが普通だ。

夏蓮は語りはじめたときと同じように、感情を押し殺した調子でつづける。

「父の隠された思想を知ったとき、このことを思い出したんです。もしかすると、父がヘイトビラの犯人だったんじゃないかって。そう考えるとすべてがうまく説明できます。父はかすがい食堂に外国人が参加するのが許せなかったんじゃないかって。もちろん仁くんは日本人ですけど、そう勘違いする可能性はあったんです。それはまたあとで説明します。

この時点では根拠のない疑念でしたけど、嫌韓思想と排外主義は近しいものですし、ありえない話じゃない。でも、確かめる手段がありませんでした」

このころ夏蓮は、かすがい食堂から卒業する意思を伝えてきた。

声優を目指すために、いろいろと動いていたことは事実だった。養成所に通うようになれば忙しくなることや、摂食障害もほぼ完治し、卒業を意識するようになっていたのも事実だった。けれど、やはり父親のことが最後の引き金になった。

まだ確証はなくとも、自分の父親が仁を排除したかもしれないのだ。自分だけがのうのうとかすがい食堂に通うことなどできなかった。

「そのあと、仁くんはかすがい食堂に復帰はしてませんけど、駄菓子屋には再び通うようになりましたよね」

「うん。《OBENTOをつくろうの会》の講師の打診に来て、そのあとまたちょくちょく店に来るようになった」

「でも、ヘイトビラは復活しなかった」

「うん……」

考えてみれば、これもおかしな話だったかもしれない。

夏蓮とは変わらずたまに連絡を取り合っていて、これらのことは雑談のなかで伝えていた。

「その話を聞いて、さらに疑念は深まりました。父が犯人である可能性が高まったなって。そして、さらなる推測に思い至ったんです。

仁くんがかすがい食堂に参加したとき、両親にその話をしました。でも、肌の色とか、どの国にルーツがあるとかは言ってないです。日本国籍か外国籍かも言ってませんでした。言う必要も感じなかったですし。『木村仁くんという、外国にルーツのある子』としか話しませんでした。

だから父は、在日コリアンと勘違いしたんじゃないかって。〝外国にルーツのある子〟と聞いて、まっさきに在日コリアンを思い浮かべるのは充分にありうると思うんです。ましてや嫌韓思想に染まっていたなら、条件反射で連想しそうです。〝キムラジン〟って名前はアクセント次第で韓国人っぽくも聞こえます。うろ覚えならなおさらです」

そこで夏蓮は一計を案じた。

スポーツの世界で活躍する、アフリカにルーツを持つ黒い肌の日本人選手が出る試合を、父とともに観戦。その選手の話をしたあとで「仁くんのことを思い出すな」とつぶやく。きょとんとする父親に夏蓮は告げる。「以前、かすがい食堂に外国にルーツのある子が参加してたって言ったでしょ。母親がアフリカ系フランス人らしくて、肌が黒い少年だったんだよ」と。

父親はそのとき、明らかに驚いていたという。

「もし先入観がなければ、驚く理由はないですよね。それだけじゃなくて、父はあからさまに動揺していたんです。必死に隠そうとしてましたけど、笑っちゃうくらいバレバレでした。そのとき確信したんです。ああ、やっぱり犯人は父だったんだと。でなければ動揺する理由がありませんから。本当にもう、悔しくて、悔しくて」

夏蓮の声が乱れはじめる。

「悲しくて、腹が立つし、情けないし、怖かった。勘違いしてたのはなんの言い訳にもならないです。父は、ひとりの少年の居場所を奪ったんです。出自に起因する、なんの根拠にもならない、理不尽な理由で。無抵抗の人間に暴力を振るい、人の尊厳を傷つけて、平気な顔して生活してたんです。怖いし、気持ち悪いし、理解できません。理解したくもない。でも――」

彼女の目尻からひとしずくの涙がこぼれる。

「本人に確かめる勇気は出ませんでした。怖かった。真実だとわかったとき、自分がどうなってしまうのかわからなかった。このまま気づかなかったふりをしようと思いました。真実なんて知らないほうがいいって。実際、ずっと誰にも言えなかった。でも、このままだと、一生父を侮蔑《ぶべつ》して生きることになります。それに父がほかの誰かを傷つけて、そのことに気づいていて、黙っていたら、自分も同罪なんです。見て見ぬふりをするなら、人種差別に加担したのと同じなんです」

夏蓮の声が涙に沈む。

「でも、やっぱり、父を問い質《ただ》すのは怖くて……」顔を上げ、溺《おぼ》れそうな瞳で見つめてくる。「わたし、どうしたらいいですか……!」

彼女の双眸《そうぼう》から涙が堰《せき》を切ったように溢れ出した。両手で顔を押さえ、うずくまりそうになる夏蓮を抱きしめる。

一年と少し前、彼女が初めてかすがい食堂に参加したとき、台所でむせび泣く彼女を抱きしめてあげることができなかった。自分にはそんな資格があると思えなかったから。

けれどいまは違う。躊躇《ちゅうちょ》なく彼女の嗚咽《おえつ》を受け止められた。

「つらかったよね……」

背中に回す手に力を込めると、泣き声はさらに強くなった。

「勇気を出してくれてありがとう。あとは、わたしにまかせて」

すべての材料が、夏蓮の父親が犯人であると示している。まず間違いないだろう。

祖母が料理を皿によそい、ちゃぶ台に並べはじめる。

「さあ、夏蓮。食事を用意したから、とにかくお食べなさい」

涙を残しつつも「うん……」と彼女はうなずく。その声と仕草があまりに子どもっぽくて、余計にやるせなくなった。

＊

クリスマスのイルミネーションに彩られた北千住の街を歩く。

会社員だったころは見飽きた光景だったけれど、最近は繁華街に来ることもめっきり減ったので新鮮に映る。足を止めてビルの一階にある看板を確かめ、「ここか」とひとりつぶやいた。

今夜の目的地は飲食店ビルの上階にある居酒屋だった。

すべてが個室のテーブル席となっており、廊下に面した出入口にはのれんがかけられているだけだが、部屋ごとに完全に仕切られているので人目を気にせず会食ができる。年末とあってかなり賑わっているようで、廊下には聞き取れない無数の話し声がこだまのように響いていた。

予約席に案内されたが待ち合わせの相手はまだ来ていないようで、出入口に近い下座に腰かけた。二畳程度しかなく、本当にテーブルと椅子だけという感じだ。

約束の時間より数分遅れて、相手がのれんをかきわけて姿を見せた。わたしを見て安堵の表情を見せる。

「すみません。遅れてしまって」

「いえいえ。こちらこそ平日の夜に無理言ってお呼び立てしてしまいまして」

笑顔で受けて、奥の上座を手のひらで示した。

夏蓮の父親、上村雄二《ゆうじ》だった。つい先日まで名前を知らなかったし、名前を知らないということに気づいてもいなかった。大手建設会社に勤め、昔はあちこちの現場で働いていたようだが、現在は千代田区にある本社勤務となっているらしい。

「上村雄二さんですね。わざわざご足労いただき、ありがとうございます」

着座したまま頭を下げる。この場に臨むにあたり顔の見えない〝夏蓮の父親〟という属性ではなく、上村雄二というひとりの人間として対峙しようと考えていた。

「とんでもない。こちらこそ本当に夏蓮がお世話になりまして。えっと、今日はかすがい食堂についてだそうですが、どういった？」

「まあ、せっかくですし、とりあえず食事をしながら。お酒は飲まれます？」

メニューをひろげる。

あの夜、夏蓮と相談し、わたしが話を聞き出すことに決めた。ほうっておくことはできなかったし、そうするべきではないとわたしも強く思った。

会合の場所は個室のある居酒屋に決めた。

食事を楽しむ気分ではなかったし、和やかな雰囲気にならないこともわかっている。けれど、かすがい食堂で使っている店の奥の座敷は使いたくなかった。自分の土俵に引き込むのはアンフェアな気がしたし、なによりあの場を穢《けが》したくなかったからだ。

人の耳を気にせず、中立の場所で真剣な話をするなら貸し会議室が相応しい。しかし話の展開次第では相手が激昂《げっこう》することも考えられ、会議室だと密室度が高すぎて怖かった。いざというとき助けを求められる人もいない。上座に誘導したのは彼を敬ったわけではなく、すぐに廊下に逃げられるようにだ。

それに、まずはこちらの思惑を伏せて、確証を得るため彼から言質を引き出す必要がある。会議室だと堅苦しく、相手に警戒される恐れがあった。

料理を数品と、上村はビールを、わたしはウーロン茶を頼んだ。

しばらくは彼の仕事の話や、駄菓子屋の現状などたわいのない話を和やかに交わす。上村は若干不思議そうにしていたけれど、強い疑念を抱いている様子ではなかった。

注文した品も揃《そろ》い、そろそろ頃合いだろうと、つくねを口に運びながら「そういえば――」とあたかもふいに思い出したように告げる。つくねはタレの味が濃すぎる。

「少し前のことですけど、かすがい食堂の近くに来られませんでした？」

まずはド頭にしか投げられない直球だ。さすがにあからさまな動揺は見せなかったけれど、箸の動きが一瞬止まり、明らかに雰囲気が変わったのはわかった。わずかであっても真っ白とは思えない反応だった。とはいえ、黒認定する材料としては乏しい。

「いや、行ってないですね。もう一年前になりますか、家内とご挨拶に伺ったときだけですよ。あのあたりには知り合いや、取引先の会社もないですしね。どうしてました？」

　箸で切った玉子焼きに大根おろしを載せて、ちょっぴり醤油をかける。こちらの思惑を微塵《みじん》も察していないのがわかる、駆け引きなどまったく考慮していない返答だった。ありがたく思いつつ、軽い調子で告げる。

「いえ、夜だったんですけど、店の近くでちらっとうしろ姿をお見かけした気がして。じゃあ気のせいだったのでしょうね」

　店があるのは住宅地にある生活道路で、人通りも多いわけじゃない。人目につかずにビラを投函するのは容易だったろう。ただ、心理的に日が暮れてからだったのではと考えていた。

　ただし仁とともに目撃した最後のビラは、わたしたちが買い物に出かけているあいだに狙って貼《は》られた。だとすればどこかで見張っていた可能性があり、仁の姿も目撃したことになる。あの時間はまだ明るかった。しかし遠目だったこともあり、日焼けした少年くらいに思ったのだと推測していた。近くで見なければ、普通はそうそうアフリカ系だとは考えない。

上村はなにげない調子で尋ねてくる。

「それって、いつごろのことですか」

素直に主張を引っ込めたのに、不安なのか時期まで気にしている。玉子焼きはまずくはないけれど、やっぱり祖母のつくるものには敵《かな》わなかった。

「えっと、けっこう前です。十月くらいだったかな」

「そうですか。確実に違いますね。まあ、わたしみたいなおっさん、うしろ姿だと誰も彼も似てますから」

上村はからからと笑った。安堵した様子がひしひしと伝わってくる。

ヘイトビラがなされたのは六月の終わりから七月にかけてだ。わざと時期をずらして答えたのは相手を安心させるためだった。

こちらの意図が見抜かれないようワンクッション入れて、建築関係の雑談を挟む。そして次の一手。

「ところで建設会社にお勤めですと、インテリアなんかにもお詳しかったりします？」

「いやあ、内装を手がける部門もありますが、自分はまったくの畑違いで」

「じつはですね——」気にせずつづける。「だいぶくたびれてきたので、店のカーテンを新しいのに替えようかと思ってまして」

「はあ、なるほど」

「もっと明るい色にしようかと思ってるんですが」

「え？　あれ以上、ですか？」

チェックメイト——。

うまくいった喜びや、やはり彼だったのかという失望よりも、自分でも意外なほどに醒《さ》めた感情のほうが強かった。再び玉子焼きに手を伸ばす。

「不思議ですね。どうして上村さんがうちの店のカーテンの色を知ってるんですか」

「え？　それはもちろん、以前伺ったときに——」

「でもそのときは店が営業しているときで、おもての戸にカーテンはかけられていませんでしたよ」

「え、いや、でも、取り払われていたわけではないですよね」

「はい。開いているときは店の隅、引き戸の内側で結ばれています。けれどおもてからはポスターで、店内からは商品棚に隠れてほとんど見えません。店じまいしたあとに来たことがなければ、カーテンの存在自体気づかないのが普通だと思いますよ。何人かの常連客に聞いてみましたが、皆さんそうでした。ましてや色を記憶しているわけがありません。

にもかかわらず、先ほど『うちの店のカーテン』と言ったときに、あなたはまるで疑問を見せなかった。それどころか明るい色であることも知っていた。ちなみに色はベージュです。すっかり日に焼けてますが。しかしあなたは去年、挨拶にいらしたとき以外、うちの店には近寄っていないとおっしゃる。はて、いつ見たんでしょうか」

上村をじっと見つめる。自分でも呆《あき》れるほどに、きっとわたしは嫌な目を、昏《くら》い目をしている。

目の前の男は瞳の内側で猛烈に計算しているのがわかった。認めるべきか、まだ逃げ道はあるか。

わたしがなにを言いたいのか、さらにはっきりさせる。

「あなたは、閉店したあとの駄菓子屋かすがいに何度も来たことがありますよね。時期は今年の六月終わりから、七月半ばにかけて。少なくともいちどは明るいうちに、カーテンを間近で見たはずです」

男は薄汚い笑みを張りつけ、ゆっくりと首を左右に振った。

「申し訳ない春日井さん。あなたがなにをおっしゃっているのか、さっぱりわからない」

　まだしらばっくれることにしたようだ。

　わたしは吐息をつき、カバンからすべてのヘイトビラを取り出した。テーブルの上にある皿を脇によけ、トランプのように並べる。

「うちの店に投函されたビラです。説明するまでもないでしょうが、その時期かすがい食堂に通っていた、外国にルーツのある少年になされたヘイトスピーチです。ここを、見ていただけますか」

　四隅が破れた、最後に戸に貼られたビラの一部を指さす。『忌まわしきガイジン』の『忌』の部分だ。

「筆跡をごまかすように書かれていますが、身についた文字の癖というのは抜けないものです。無意識にしてしまうから癖なのでしょうしね。この人物は『心』という字の、いちばん右にある縦棒を内側に跳ねる癖があります」

　筆順で最後に書く『い』のような部分の右側だ。普通は上から下に線を引くだけの人が多いが、ビラの字は最後に激しく内側に跳ねている。

「そしてこちらは、先日あなたが書いた文章です。覚えていますよね」

　もう一枚の紙を出し、当該のビラに並べるように置いた。『美しい国は　人の心から』と書かれている。

父親に書いてもらうよう、夏蓮に頼んで入手した。ヘイトビラのなかから癖のある文字を選び、なるべく悟られないような文章を考えた。渡してきたときの夏蓮の説明によれば、学校でつくるポスターの参考に、と言って手書きしてもらったらしい。愛娘《まなむすめ》からのお願いであれば、まるで疑うこともなかったはずだ。

ようやくすべて仕組まれていたのだと、外堀はすべて埋まったのだと察したのだろう、上村は顔色を失っていた。

「あなたも『心』の右にある縦棒を跳ねる癖をお持ちですね。ビラとまったく同じです」

「こ、こういう書き方をする人間は、わたしだけじゃない」

悲しいくらいに声は震えていた。

「ええ、おっしゃるとおりです。ですが、このヘイトビラはさまざまな状況から、かすがい食堂に関係した人物のものである可能性が高い。あなたはなぜか、店じまいしたあとの駄菓子屋かすがいに来たことがある。そしてその事実を隠そうとした。さらに共通する文字の癖。残念ながら言い逃れする余地はないのですよ」

追い詰めたあとに、小さな救いを与える。

「ああ、安心してください。こちらの文章『美しい国は　人の心から』はわたしが夏蓮さんに頼んで書いてもらったものですが、理由はいっさい告げていません。うまくごまかしています」

そして冷酷に、詰みの言葉を告げる。

「ですが、否認をつづけるなら話は別です。夏蓮さんと、あと奥さまにも入ってもらいましょうか、いま告げたわたしの推測をすべて説明いたします。おふたりは、どう判断されるでしょうね。あとはご家族で話し合ってください」

上村の目の色がころころと変わるのを見た。人は余裕を失うと、これほどまでにわかりやすい反応を示すのだと知った。

ビラを手早く片づけてカバンに入れ、立ち上がった。いささか芝居じみた動作だったが、狙いどおりの声がかかる。

「待ってくれ！」

わたしはわざともったいをつけて、ゆっくりと振り返った。

彼は視線が合うとすぐに目を逸《そ》らしてトマトの断面を睨みつけ、絞り出すように「わかった」と言った。

「わたしが、やった。申し訳なかった。認める。だから、娘には、言わないでくれ」

無言で再び椅子に座る。

「どうしてこんなことを、なんてのは愚問でしょうね」

「聞いてくれ。わたしは勘違いをしていたんだ。仁くん、だったよね。彼には悪いことをしたと思っている」

悪いこと、などという軽い言葉にむかつきを覚えたが、ぐっと我慢し、問いかける。

「勘違いとは、どういう勘違いですか」

「わたしは、仁くんが在日だと思ってしまったんだ。しかし実際は違うんだろ。つまり、あのビラは仁くんには向けられていない。だったら被害者はいないってことにならないか――」

ドン！　と鈍い音が個室に響いた。

わたしは衝動的にテーブルをこぶしで叩いていた。揺れた皿が陶器の音を鳴らす。けれどまるで怒りは収まらなかった。

この期に及んで保身のための言い訳をすること。それによってさらに差別をまき散らし、多くの人を傷つける言葉を平気で発すること。自身がおこなった卑劣な行為をまるで認識できていないこと。なにもかもが腹立たしい。

いま目の前の相手を見ればさらに頭が沸騰しそうなので、じっとテーブルを見つめたまま、二度、深呼吸をした。

「率直にお伺いします。あなたは仁くんを在日コリアンの少年だと思い込んだ。在日の少年がかすがい食堂に通うのが、気に食わなかったのですね」

「まあ、そういうことですね。些少《さしょう》ながら、わたしたちもかすがい食堂を支援させていただいていた。しかしそれは在日の人たちを支援するためじゃない。それに、そんな彼らが夏蓮といっしょにいることが、ともに食事をすることがどうしても許せなかった」

言葉にははっきりとふてぶてしさが戻っていた。

「だったら、面と向かってわたしに言えばいいじゃないですか。在日コリアンを叩き出せって。ヘイトビラなどという卑劣なことをするのは、自分が差別にまみれた卑劣な人間だと自覚しているってことですよね」

「差別ではない！」

ふてくされたように叫ぶ。わたしは上村の視線を真正面に受け止めて、どうぞ、と目で促した。

「あいつらはとんでもなく恵まれているし、好き放題しているんだ。これが差別だと言うのなら、差別されているのは日本人のほうだ。逆差別なんだよ！」

上村が滔々《とうとう》と語る話を、残してももったいないしと注文した料理を食べながら聞く。すべて想定済みの言説だった。

この場に臨むにあたって、人種差別はもちろんさまざまな差別に関連する本を読んできた。

嫌韓側の主張も、彼らを批判する側の主張も、なるべく先入観に囚《とら》われず双方の意見を学んだ。通常の知性や理性があれば、嫌韓側の主張は嘘《うそ》やデマばかりだということは簡単にわかる。たとえ一部に真実を含んでいたとしても、歴史的な背景を無視し、ひどく曲解した勝手な理屈を加え、とても真実とは呼べないものにすり替えられている。

在日コリアンが人口に占める割合など微々たるものだ。にもかかわらず彼らはまるで日本が在日コリアンに牛耳られていて、マスコミをはじめとんでもない影響力を持っているかのように恐怖心を煽《あお》っている。彼らの主張は小学生にもわかる矛盾に満ちていた。

嫌韓思想は主義も主張もないただの弱い者イジメだし、紛れもない人種差別だ。

昨今は目立つヘイトスピーチこそ減ったし、彼のような極端な人間は少数派かもしれない。けれど嫌韓や嫌中、ネトウヨと呼ばれる思想、外国人嫌悪《ゼノフォビア》や排外主義は深く静かにひろがり、日本中に浸透している。

人は誰しも集団をカテゴリー化して、自分の所属する集団を、ほかの集団よりも優れていると考えたがるものだ。肯定的な自己観を得るためである。海外で活動する日本人を応援し、活躍を我がことのように喜ぶのは同じ理屈だ。

無邪気な応援なら害はないが、ほかの集団を攻撃し、差別し、排斥しようと考えるのはとてつもなく危険な思想である。そして悲しいことに、日本は先進国のなかで抜きんでて人権意識が低く、人種差別国家でもある。人種差別放置国家、と言い換えてもいい。

わたしと同じように上村も料理をときおり摘まみながら熱弁を振るっていたが、ひとまず言いたいことは言えたようだ。テーブルに並ぶ皿を見て、もう食べ物は残っていないのかと怪訝《けげん》そうな顔をしていた。すまない。最後のひと切れとなったトマトは先ほど遠慮なくいただいた。

ウーロン茶を飲む。だいぶ水っぽくなっていた。努めて冷静な声で言う。

「おっしゃりたいことはわかりました。これは純粋な疑問なのですが、あなたは本当に嫌韓を主張する彼らの言うことを、心から信じているのですか」

上村の頬がぴくっと動いた。苛立《いらだ》ちを隠そうともせず声に乗せる。

「あんたがどう考えようとわたしの知ったことではない。思想は自由だろ。それともあんたは思想弾圧を肯定するつもりか」

「まさか、思想は自由ですよ。ですがそれをおもてに出せば責任が伴いますし、自由でもありません」

「言論の自由は認められるべきだろう」

「言論の自由は錦の御旗でも金科玉条でもありませんよ。理由もなく他者を傷つけ、尊厳を踏みにじる行為が言論の自由で許されるわけがない！」

「理由はある。さっき言ったとおりだ」

「百歩譲ってあなたが先ほど述べられた話がすべて正しかったとしても、差別を正当化する理由なんて存在しません。仮に、仮にですよ、在日コリアンがとてつもない特権を持っていて、それが不満なら、差別などおこなわず正々堂々と世間に訴えればいい。こんな――」

ビラを再びカバンから出し、テーブルに叩きつける。

「理不尽な暴力を少年に振るう理由にはけっしてならない！　絶対に、絶対に正当化できない。理由があれば差別していいのなら、人種も性別も、世の中のすべての差別が許されることになる。イジメも暴力も許されることになる。理由もクソもない。あなたのやっていることはただの人種差別だ。人種差別と言うのもおこがましい、ただの弱い者イジメだ。ただの鬱憤晴らしだ！」

鼻で大きく呼吸し、熱くなりすぎたと思う。大きな声を出してしまったし、汚い言葉も使ってしまった。けれど後悔はなかった。

水っぽくも冷たいウーロン茶で少しばかり冷静さを補給する。

「ひとつ、教えてください。嫌韓の人たちの主張や言葉を、たくさん読みました。それで、どうしても理解できないことがあるんですよ。あなた方はなぜ日系日本人にこだわるんですか」

前に座る男はむすっとした顔をしていた。しばし沈黙がつづき、渋々といった様子で吐き捨てる。

「日本は、日本人のものだろう」

「でもあなた方の言う『日本人』って、日系日本人だけですよね。朝鮮半島や大陸からやってきて、日本国籍を取得した人は入っていませんよね。遠い土地にルーツを持ち、見た目の異なる日本人は入っていませんよね。そこがよくわからないんですよ。

国の境界なんて時代によって違いますし、いまの日本の国境も体制も、近代になって便宜的に決まっただけじゃないですか。太古から人の交流はあって、すでにみんないろんな土地の、いろんな民族の血が入っているじゃないですか。純粋な日本人なんてどうやって定義するんですか。

それに日本はすでに、社会生活も産業も、外国人がいなくては成り立たない移民国家なんです。にもかかわらず日本人に、しかも日系日本人という亡霊のような概念にこだわる理由がさっぱりわからないんです。外国にルーツを持つ人たちや、外国から来た人たちが力を最大限発揮できる社会をつくったほうが、わたしたちは豊かになれると思いませんか。生活も、経済も、文化も。

あなた方が多様性を恐れる理由がさっぱりわからないんですよ。いろんなバックグラウンドを持つ、いろんな肌の色の、いろんな日本人がいることも、いろんな外国人が日本にいることも、国として武器になりこそすれ恐れる必要はないと思いますよ」

わかってもらえるとは思わなかった。

わたしは日本という国が好きだ。日本の文化も、日本の料理も、日本の人々も、日本の伝統も好きだ。日本という国が物質的にも精神的にも、もっと豊かな国になってほしいし、世界が羨む国、憧れる国になってほしいし、誇りを持てる国になってほしい。

だからこそ、彼らが曖昧模糊《あいまいもこ》とした狭い日本人観に固執する理由がわからなかったし、このことだけはどうしても言っておきたかった。

多様性《ダイバーシティ》を恐れる必要はない。

居酒屋の狭い個室は、緊張と弛緩《しかん》が混じり合った奇妙な空気に満たされていた。これ以上の話し合いに、どんな意義があるのかも見通せない。

「そういうわけで――」どういうわけかはわからなかったけれど、上村はそう切り出した。「ビラの件は申し訳なかった。勘違いしたわたしに非がある」

なるほど。仁を在日コリアンだと勘違いしたことは謝罪するけれど、ビラの内容についての非は認めない、ということか。ここでもまだ人種差別をつづけるわけだ。

「あなたがどれほど非道なおこないをしたのか、理解してもらえなかったのは残念です。それで、あなたはこの償いをどうするおつもりですか」

怪訝そうな面持ちをするばかりで答えは返ってこない。小さくため息をつく。

「あのですね。この件ではわたしも大いに傷つき、迷惑を被りました。でも、あやまるべき相手はわたしだけじゃないでしょう」

「その、仁くんにか」

「彼ももちろんですが、まずは夏蓮さんにすべてを伝え、謝罪してほしいと思っています」

上村はたっぷりの不愉快さを眉間に刻んだ。

「そんな……話が違うじゃないかっ」

「そんな話、いつしましたか。否認をつづけるなら彼女に説明すると言っただけです」

「卑怯《ひきょう》な真似《まね》をするんじゃないよ！」

上村の怒声を正面から受け止め、「卑怯？」と口の先で吐き捨てた。

「罵詈雑言《ばりぞうごん》と言うのも生易しい、人間性をも否定する悪辣《あくらつ》な言葉を罪のない少年に投げつけたあなたに、卑怯などと言われるのは片腹痛いですね。あなたに悪人と思われるなら愉快痛快ですよ。

まだ気づいてないのですか。あなたが犯人だと疑ったのは、夏蓮さんです。いまになってヘイトビラの犯人に気づけるのは、彼女しかいないでしょ。

いいですか。家庭を守りたいのなら、娘さんと、奥さまにも、自分のやったことを洗いざらい話してください。そして自分がいかに他人を傷つけ、醜いおこないをしたか、見つめ直してください。それが唯一の道なんです」

上村は呆《ほう》けたような面をしていた。

再びビラを片づけ、代わりに会計の半金をテーブルの上に置く。

「脅すようなことをしたくはないのでこれ以上は言いませんが、せめて最後の言葉だけは、あなたがきちんと理解してくれることを期待しています。お互いのために。では、失礼します」

言うだけ言って、彼の反応を待たずに個室をあとにした。これ以上話し合いをつづけても意味はない。

店を出て、エレベーターに乗り込む。

飲み会を終えるにはまだ早い時刻のためか、ひとりきりだった。

「ああああああ〜〜〜〜〜」

遠慮なく、ため息とも嘆きともつかない息を思いきり吐き出す。エレベーターのなかの空気が一気に濁る勢いだ。

いまになって心臓の鼓動が速くなり、体が震えだした。もういちど言葉にならない声を短く吐き出し、平静を取り戻そうとする。人に聞かれたって構うもんか。

「あー！　なんかうまいもんでも食って帰ろう！」

自分に言い聞かせるように叫ぶ。今日ほどまずい食事はなかったし、まるで食べた気がしない。

「焼き芋、食べたいな」

ふいに思いついて声に出してつぶやくと、もうそれ以外考えられなくなった。甘くてほくほくの焼き芋を胃袋が待ち構えはじめる。同時に、くさくさした気持ちも少しはましになった。食べ物の力は偉大だ。

エレベーターが一階に到着する。

意識して微笑みを浮かべながら、わたしは開いたドアを抜けて光に彩られた街へと歩み出した。

*

一月も半ばとなり、浮き立った正月気分はすっかり町から消えていた。

「えーと、二十円と三十円で、合計五十円だね」

接客の合間にのれんをちらりとめくり、奥の座敷を見やった。亜香音が駄菓子の発送作業に勤《いそ》しんでいる。もちろんきちんとアルバイト代を払っている。

ネットモールへの出店は昨年中になんとか漕《こ》ぎつけた。

大反響というわけではないけれど、胸をなで下ろす程度にはぼちぼちと注文も入ってくれている。現状ではまだ赤字ペースだが、出だしとしては悪くなかった。地道に宣伝して、誠実な商いをつづけて、少しずつひろがってくれればと願っている。

ひとり、注文時に配送の時間指定とかではなく、純粋な応援のコメントを書いてくれたお客さんがいた。自分の住む地域にはもう駄菓子屋がなく、その町の子どもたちのためにもがんばってほしいというものだ。本当に嬉しかったし、力にもなったので、感謝の一筆を添えて商品を送った。こういうのも個人商店のよさだろう。

そして奥の座敷にはさらにふたり。

ちゃぶ台に教科書とノートをひろげるティエンに、翔琉が勉強を教えている。

今年から再びティエンはかすがい食堂に通うことになった。さらにその日は早めに店にやってきて、翔琉が勉強を教えることになった。四年生のティエンよりひとつだけ上級生であり、翔琉は得意の算数だけでなくそのほかの教科も満遍なくできるようなので、先生役としてはうってつけだった。コミュニケーションがうまくいかず、意思の疎通ができないときも苛立つ素振りを見せず、淡々と、辛抱強く、言い方を変えたり絵を描いたりと伝わるまで繰り返している。その点でもティエンにとっては理想的な先生かもしれない。

今日は復帰して三回目のかすがい食堂であり、ふたりの勉強風景も同じだけ回数を重ねていた。ティエンが笑顔を見せることも増えてきている。

彼女が初めてのかすがい食堂で涙を流した理由は、昨年末に明らかになった。

仁から連絡があり、ティエンとともに店にやってきたのはクリスマスが終わり、世の中が一気に年末ムードに移行したころだった。駄菓子屋の営業も年内はあとわずかで、かすがい食堂のほうはすでに終わっていた。

客の気配がないのをいいことにかなり早めに店を閉め、奥の座敷で祖母を入れて四人で膝を突き合わせる。ティエンはわかりやすく緊張している様子だった。

仁が口火を切る。

「おれもおおまかに話を聞いたけど、自分からちゃんと話をしたいということだったんで。じゃあ、ティエン、話してくれるかな」

覚悟を固めたような顔で、ティエンはこくりとうなずく。

「まず、しんぱいを、かけてしまった、です。ごかいを、あえて、しまったです。どちらも、ごめんなさい」

用意してきたと思しき言葉を告げ、彼女はゆっくりと頭を下げた。「あえて」は「与えて」の言い間違いだろう。

正直わたしは困惑した。なぜ彼女があやまる必要があるのか、誤解とはなんなのか。

「おかあさん、もうしわけなかったです。うち、おかね、ないです。でも、おかあさん、わたしを、がっこう、いかせます」

「行かせてくれます、だな」仁が優しく訂正する。

「そうです。いかせて、くれます。きゅうしょく、わたしだけ、たべられます。このみせ、わたしだけ、たべられます。もうしわけなかったです。ごめんなさい」

つまり、と仁が補足してくれる。

「自分だけ贅沢《ぜいたく》するのがつらかったみたいなんだ。食事はおいしかったし、好きなだけ食べられたし、そのうえあの日は食後にきなこ棒が出ただろ。甘いきなこ棒を口に入れた瞬間、母親に申し訳なくて、涙が出てきて、もうここには来られないという発言になったと」

安堵したような、拍子抜けしたような感覚だった。

彼女を傷つけていたわけではなかったのは、本当によかった。日本語できちんと表現できなくて、齟齬が生まれただけだった。でもその裏側にある事情は、誤解でよかったとは素直に喜べないものだ。よかれと思って出したきなこ棒が彼女を苦しめることになったのは、皮肉なことだった。

「それから……」ティエンが再び口を開く。「ふうこさんの、はなし、ただしいです。

わたし、べんきょう、できません」

うつむき、あの日のように目には涙が浮かぶ。

「ずっと、いえません。おかあさん、もうしわけない」

やっぱりそうか、と暗い気持ちで思う。仁に確かめてほしいと頼んでいたのは、彼女の勉強のことだった。

ティエンがかすがい食堂に来たとき、好きな授業はなにかと尋ねると、彼女は「体育」だと答えた。その場は素直に受け取ったけれども、不自然だなとは感じていた。緊張はあるにせよ活発な子には見えなかったし、体格も華奢だ。だからといって運動が嫌いだとは断言できないものの、それ以外の授業が理解できていない裏返しの言葉だとしたら、という懸念が思い浮かんだ。言葉がわからずとも、体育であれば周りに合わせて体を動かしていればいい。

彼女から話を聞き、さらに詳細が見えてくる。

ティエンは昨年度、三年生となる四月から日本の小学校に通いはじめた。そのときは学校で日本語の指導を受けられていた。どうやら特別な教員がいたようで、授業でわからないところを聞くこともできた。ところが四年生となる今年度からはいなくなってしまい、ほかの日本人の子と同じ状況に放り込まれ、勉強についていけなくなった。

　日常会話と、授業で使われる言葉は外国人にとってはまるで別物である。ただでさえ日常会話も覚束《おぼつか》ないのに、小学校とはいえ授業で使われる言葉を理解できるわけもなかった。

　けれど貧しいなか学校に通わせてくれている母親に申し訳なくて、このことをずっと誰にも言えなかったらしい。

　拙《つたな》い日本語で必死に、涙混じりに語ってくれたティエンの頭に、わたしはそっと手を載せた。

「そっか。ありがとう、ちゃんと話してくれて。つらかったよね。ティエンは、偉いよ」

　当たり前だよな、と思う。自分に置き換えればわかる。彼女の置かれた状況で授業を理解するなんて、無理難題に決まっていた。

　祖母が告げる。

「年明けになるだろうが、いちどティエンの母親に話をしにいかないとね」

「あとさ――」仁はあごに手をあてた。「日本語の学習も必要だよ。学校でやってくれればいいけど、難しいようならほかの場所でも」

わたしも提案する。

「学校の勉強はさ、翔琉か亜香音にお願いできないかな。かすがい食堂がはじまる前なら、奥の座敷を使っていいし」

「できる範囲でおれも手伝っていいよ」

「それも含めて母親と相談だね」

「あんたたちさ――」祖母が呆《あき》れた声を出す。「勝手にとんとん話を進めなさんな。肝心なティエンの気持ちを忘れてるよ」

「あ、ほんとだ」

ずっと不安げな表情でやり取りを聞いていた彼女を、まっすぐに見つめる。

「ティエン。前みたいに、ここの――」下を指さす。「かすがい食堂に、通いたい？かすがい食堂で、食事をしたい？」

躊躇なく、彼女はこくんとうなずいてくれた。

それで充分だったし、とても嬉しかった。

とはいえ先日話し合ったように、ティエンに対してわたしたちに至らないところがあったのは事実だ。たまたま彼女は気にしなかったか、気づかなかったか、あるいはわざわざ告げなかっただけだ。

いつか仁が言っていたように、なにをどう感じ、どう受け止めるかは人それぞれだ。これは差別、これは差別じゃないと、安易に線引きはできない。まるで考えないのはダメだけど、差別を恐れて及び腰になるのはもっといけない。

結局、人と人なのだ。相手のことを思い、考えるしかなかった。

彼女だけじゃない。わたしもまだまだ学ばなければいけないことばかりだった。

年が明けて駄菓子屋かすがいの営業を再開してほどなく、祖母とともにティエンの家を訪れた。

わかりやすく年季の入った古アパートで、母親にティエンの現状を率直に伝えた。まるで気づいていなかったようで、何度も反省と感謝の言葉を口にしていた。

こちらから求めるまでもなく、母親はいろいろと話してくれた。

日本ではずっと介護施設で働いているようだ。シングルマザーだった彼女は娘のティエンを父母に預けて数年前に来日し、働きはじめた。そして晴れて介護の在留資格を得たことで、娘を日本に呼び寄せた。一部の技能実習生で問題になっているような劣悪な環境ではないようだが、重労働でありながら低賃金であるのは否めない。しかも稼ぎの多くをベトナムに送っているため、かなり切り詰めた生活を強いられている。

それもあってティエンはこれ以上母親に心配をかけられないと、勉強の遅れを言い出せなかった。自分だけがかすがい食堂で食事することにも罪悪感を覚えた。

ティエンの日本語学習と勉強については、まずは担任の教師に相談して、学校に対応してもらうのがいちばんだ。ただ、可能な範囲でわたしたちも助力はすることを伝えた。

ティエンがかすがい食堂に通うことは問題なく了承を得られた。料金の二百円は難しいようならとも考えていたのだが、それくらいは払わせてほしいと言うので、遠慮せずいただくことにした。

後日、日本語学習に関しては学校での対応は難しいと告げられたことがわかった。日本国籍の子どもと違い、外国籍の子どもに就学の義務はない。言わば放置され、無視された存在であり、希望すれば通えるというだけにすぎない。そのような状況だから外国籍の子どもに対する公的な支援は、まったく足りていないのが現実だった。しわ寄せは現場と、なにより子どもたちに重くのしかかる。

幸いにも仁の尽力もあり、ボランティアでやっている日本語教室にティエンは週一回通えることになった。

母語だからといって誰でも日本語を教えられるものではなく、専門の知識が必要だし、資格もいる。本来、無償で提供されるべきものではない。けれど日本にやってくる外国人の日本語習得を支えているのは、こういったボランティアの人たちだ。

日本はすでに世界第四位の移民大国であり、介護、建設、農業、漁業、紡績、外食、運送、小売り、その他さまざまな工場でも外国人労働者がいなくては、もはや産業が成り立たないところまで来ている。わたしたちが毎日食べるもの、着る服、お店で買う商品、社会インフラなど、ふだんの生活で享受するありとあらゆるものに繋がっている。

にもかかわらず外国人への支援は稀薄《きはく》で、移民政策の歪《ゆが》みはこんなところにも出ていた。いまはまだ日本は〝選ばれている〟が、いずれ世界中で労働力の奪い合いが激化したとき、どうなってしまうかはわからない。

人種差別をしてはいけない、というのは理想論やきれいごとではない。

人権をないがしろにし、人種差別をする国からは、有能な外国人はもちろん、外国にルーツを持つ日本人も、諸外国から訪れる単純労働の担い手も、どんどん逃げ出していく。多様性も労働力も失った国が、世界で競争力を発揮できるわけがない。そんな危険な道を日本は歩みはじめている。

不幸になる人を減らしたい、不幸になる子どもを助けたいと、日本中で多くの人たちが手弁当で外国人を支援している。しかし日本語教室を含め、そういった無償の善意に日本社会は寄りかかり、ただ乗りして、移民政策の抜本的な改善を遅らせているような気がした。

でも、目の前に助けを求める人がいれば手を差し伸べてしまう。

だって、人間だもの。

ティエンへの支援を迷うことはなかったし、翔琉も自らの意思で、やる気を持って勉強を教えてくれている。いまはこれでいいのだと考えるようにしていた。

夕刻を迎え、かすがい食堂の時間がやってくる。

今日はいつもの三人に加えて、夏蓮と仁もやってきていた。子どもたちだけでも五人となり、いつにない賑わいだ。

夏蓮は父親のことで気を病んで、先月相談に訪れたときはやつれていたけれど、もうすっかり元気を取り戻していた。

「あー、あなたがティエンちゃんだね。やっと会えた。わたし夏蓮。よろしくね」

「はい、かれんさん。よろしくおねがいします」

柔和な笑みでティエンは答えた。

　彼女の話す日本語は驚くほどなめらかになっていたし、表情も豊かになっていた。以前は緊張に加えて、誰にも相談できない不安を抱えて、自分を出すことができなかったのだと思う。それはきっと学校でも心の重しになっていたはずだ。

　全員が揃ったところで手を叩いた。

「はいはーい、ちゅーもーく。今日の献立を発表するね。本日は、名づけて《ビビンバ・パーティー》！」

「ピビンバ？」

「ビビンパ？」

「ピビンパ？」

「カビパラ？」

「アボガト？」

「どれでもいいから」

「いや、最後のふたつはあかんやろ」

　くじ引きの結果、夏蓮と亜香音が買い物係になり、三人で買い物に出かける。今日は人数が多いので、いくつかの食材は事前に購入しており、残りのメンバーで並行して下ごしらえをやってもらう予定だった。

外に出てすぐ、夏蓮が礼を述べる。

「楓子さん、今日はありがとうございます」

今日は「ヘイトビラの一件についてきちんとみんなに話をしたい」という夏蓮の要望で、彼女と仁を含めたかすがい食堂が実現したのだ。

「ううん。久しぶりにみんなが揃ってわたしも嬉しいいし、仁にだけ伝えればいいことかもしれないわけだしね」

「いえ、やっぱりみんなも少なからず関わったことですから。わたし自身の気持ちの整理もあるし、みんなにも考えてほしいことだし」

仁はすでにヘイトビラの真相について詳しく知っている。さらにこの場に先立ち、ほかの子たちにもあらましだけは伝えていた。

「それよりさ——」亜香音があっけらかんと話題を変える。「声優の勉強のほうはどうなん？　行けそう？」

「いやー、どうだろうねー。想像以上に勝手のわからないことだらけで戸惑うばっかだよ。同じ役者でも、やっぱり求められる技術がぜんぜん違うよねー」

「せやけど声優なんかレッドオーシャンすぎるやろ。あたしやったらもっと可能性が高いルートを考えるけどな」

「亜香音ちゃんらしい」声に出して夏蓮が笑う。

「どっちにしろさ、話題づくりのため意外な特徴は持ってたほうがいいで。重機の操縦ができるとか、百種類以上の虫を飼ってるとか、女のイメージからかけ離れてるほうがええな。そういうキャラクター性をいまから考えて仕込んどかな」

「わかった。がんばる」

思いきり真剣な表情で夏蓮が両こぶしを固めて、次の瞬間にはみんなで大笑いした。

買い物を終えて、全員が揃って料理をおこなう。

もやしとゼンマイ、ニンジンやほうれん草などの野菜、牛肉などでつくるナムルと、定番の白菜キムチに加え、ごぼうに大根、缶詰の焼き鳥、イカとエビの海鮮なども用意した。

それらのできあがった具材をざっくりと大皿に載せて、金属製のボウルにごはんをよそう。あとは各自が好きな具材を自由に盛れば完成だ。自分だけのオリジナルがつくれる、春日井楓子考案《ビビンバ・パーティー》システムだ。

「よっしゃ！　牛肉は早い者勝ちだよな」

「節度と良識！　譲りあいの精神！」

「冗談だって。うちは金持ちなんだから、金持ち喧嘩《けんか》せず」

「うわー、それめっちゃムカつくわ。あたしも牛肉」

仁と亜香音のやり取りのかたわらで、翔琉は淡々と極めてオーソドックスなビビンバをきれいに構築している。

「わたしは海鮮を中心にしよっかな」

「夏蓮ってなにげに海鮮好きだよね。鍋のときはタラ推しだったし」

「そうですね、肉よりは海の幸かな、あとは野菜ですね。あ、ごぼうと大根も入れとこう」

「そうそう、みんな」祖母が声を張り上げる。「温泉卵と生卵もあるから。欲しい人は言ってね」

「あ、わたし温泉卵が欲しいです」

「ぼくも」

「生卵って普通、黄身だけだよな。どうやって分けるの」

「殻を使っても簡単だけど、セパレーターあるから」

わいわいとそれぞれのビビンバがつくられる。具材選びもそうだし、どうせかき混ぜるからと適当に盛る子もいれば、具材ごとにきれいに並べる子もいる。個性が見えておもしろい。

と、出遅れているティエンを見つける。

「ティエン！　遠慮しちゃダメだからね。好きな具材を盛ればいいからね。えっと、好きな、料理、がんがん、盛る。いいね」

「がんがん、は通じるんか」亜香音が首を捻る。

全員のビビンバが完成したのを見計らい、みんなで手を合わせる。

「いただきます！」

コチュジャンを適量加えて、容赦なくかき混ぜて口に放り込む。こういう料理は上品さを考えず、豪快に食べるのが正解だ。いくつもの具材、さまざまな食感が口のなかで混ざりあい、甘みと辛みもぶつかりあう。それでいてビビンバらしい統一感も味わえるから不思議だ。見てくれを気にしない雑多さがガツンと本能を叩いて、文句なしに「うまい！」と思わせてくれる。

今日はビビンバに合わせてワカメとネギの韓国風スープをつくっていて、思惑どおり相性はばっちりだった。

今回、ビビンバを選んだことには自分なりの意味があった。

多様な食材を自由に載せて、渾然一体《こんぜんいったい》となる料理に多様性の思いを込めた。あえて日本でもベトナムでもフランスでもない韓国料理を選んだこともしかりだ。そしてなにより今日のきっかけとなった、嫌韓思想に対するカウンターの気持ちも込めていた。

総勢七人のかすがい食堂はとても狭苦しかったけれど、これまでにないほど活気溢れるものだった。

頃合いを見計らい、夏蓮が例の話を口にする。

「みんなある程度は知っていると思うけど、あらためてわたしの口から説明させてください。去年の夏に起きた、仁くんに対するヘイトビラの問題。食べながら聞いてくれたらいいから」ティエンに視線を向ける。「ティエンは直接知らないことだし、話も難しくて、わからないところもあるかもしれない。そこは、ごめんね」

彼女は「きにしないで、ください」と首を左右にゆっくり振った。

夏蓮は父親を疑い、その後わたしに相談し、自白を引き出したことまでの経緯を説明した。

「楓子さんの脅しが利いたからだと思うんだけど、父はわたしと母に自分のやったことを告白しました。謝罪と後悔の言葉を口にしていたけれど、それがどこまで本心だったのかはわからなかった。わたしは誰よりも仁くんに謝罪するべきだと思ったけど、それは仁くん自身が必要ないって断ったので」

まあね、と仁が受ける。

「その人は勘違いをしていたって聞いた。おれがアフリカ系だとは知らなかったって。だったらきっと筋違いの謝罪になるだろうし、余計に腹が立つだけだと思った。夏蓮さんには申し訳ないけど」

「ううん。仁くんの言うとおりだと思う。父は本当の意味での反省はしていないと思う。母はすごくショックを受けていて、いまも家族はぎすぎすしてる。でも、後悔はしていない。もし黙って、気づかないふりをしていたら、もっと取り返しのつかないことになったと思うから。

どうすればいいのか、いまはまだよくわからない。でも、どうすれば父がそんな思想から抜け出せるか、母といっしょに模索するしかないのかなって」

「偉いね——」スープの器を置いて、祖母が微笑む。「夏蓮くらいの歳なら見捨てたっておかしくはないだろうさ」

「いざとなったらそうするかもだけど」夏蓮は冗談めかして言ったあと、でも——とまじめな顔に戻る。「やっぱりたったひとりの父親だし、家族だし、簡単に見捨てるようなことはしたくないし」

そこで言葉を切り、じっと自身のビビンバを見つめる。

「それに、父は特別な存在じゃないと思うんです。わたしだってこれまでたくさんの差別をしてきたし、これからもきっとたくさんの差別をすると思う。いろんな偏見を持ってるし、これからも気づかぬうちに人を傷つけてしまうと思う。だからずっと学ばなきゃいけないし、考えつづけなきゃいけないんです」

夏蓮の言うとおりだ。

生まれた国や人種、肌の色、民族や宗教、性別や容姿、性的指向など、偏見と差別は枚挙にいとまがない。でも世界から偏見や差別はなくならないし、なくなる気配もない。きれいごとを叫べば叫ぶほどに反発を覚える人は出てくるし、その気持ちもじつのところ理解できた。

翔琉がぽつりと告げる。

「お母さんも、よく文句言ってる。男が、どうとか。職場の外国人の、悪口とか。でも、だいたいすぐにただの差別になってる」

珍しくむすっとした顔をしていて、母親のそんな部分を嫌っていることが伝わってきた。日々の生活の不満を差別で解消しようとする人は多いだろう。ほかのカテゴリーの人たちを見下すことで、現実から目を背けている。

けれど彼が、母親の言葉に毒されていないことは救いだった。もしかしたらティエンに対する献身は、自分は母親とは違うのだという、彼なりの自負心かもしれない。

実際、偏見や差別のない世界をつくることはできないだろう。もしあれば、それはきっと思想を統制されたディストピアだ。

しかし誰もが損をするだけの、無意味な差別を減らすことはできるはずだ。それによって日本人も外国人も、女も男も、いまより少しだけ生きやすい世界はつくれる。

「わたしは——」

ふいにティエンが発言し、皆の注目が集まる。食卓の中心を見つめながら、ひとつひとつの言葉を絞り出すように、彼女はゆっくりと語った。

「にほんに、かんしゃしています。おかあさん、すく、すく……たすかりました。にほん、すきなところ、いっぱいあります。でも、きらいなところ、いっぱいあります。おかあさん、わたし、いやなこと、いわれます。いやなひと、います。さべつ、されます」

そこで、はっと顔を上げ、後悔したような表情を浮かべた。

「ごめんなさ——」

「あやまる必要はない」わたしはすぐに強く否定する。「それがティエンと、お母さんの、現実だと思う。黙っている必要もないよ。嫌なことは嫌と、はっきり言わなければ相手にも伝わらない。ずっと変わらない」

「ぶつかるのは大変だけどね」仁がしみじみと言う。「おれもまあ、差別からは目を逸らして逃げてる口だし」

「あたしやったら絶対我慢できへんけどな」

「それは亜香音が現実を知らないからだ。ティエンの立場に立って――」

それぞれが自分の思いを口にする。

議論とも雑談ともつかない会話が飛び交い、再び食卓は賑やかさを取り戻した。

差別は簡単に答えの出る問題じゃない。夏蓮が言ったように、ずっと考えつづけるしかない。でも、わたしはわりと楽観的に考えていた。相手を知ろうとすることを忘れなければ、それほど難しいことではない。

あれから《OBENTOをつくろうの会》では小さな変化が起きていた。日本の料理を教えるだけでなく、それぞれの国の料理を教え合うようになっていた。国際色豊かな料理勉強会へと変貌《へんぼう》していたのだ。

差別をしてはいけない、と考えるところからはなにも生まれないとわたしは思っている。

差別をする側、される側という思考は、無意識に上下関係を生んでしまう。外国人を差別してはいけない、と考えた瞬間、心のどこかで外国人を下に見ることになる。

対等な立場で、自分とは違った考え方、価値観、文化と交われば、必ず得られるものがある。必ず豊かになれる。そう信じつづけたい。

やがて最後にビビンバを食べ終えた亜香音が、器をちゃぶ台に置いた。あれほどたっぷり用意した料理も、きれいになくなったようだ。

目配せをして、全員が手を合わせる。

「ごちそうさまでした！」

《主要参考文献》

『レイシズムとは何か』梁英聖／著（ちくま新書）
『日常生活に埋め込まれたマイクロアグレッション』デラルド・ウィン・スー／著（明石書店）
『ネットと愛国』安田浩一／著（講談社＋α文庫）
『にほんでいきる　外国からきた子どもたち』毎日新聞取材班／編（明石書店）
『ルポ　技能実習生』澤田晃宏／著（ちくま新書）

《初出》
第一話　少女と嘘と白黒パンダ
「ＳＴＯＲＹ ＢＯＸ」二〇二一年十月号
第二話～第四話　書き下ろし

本作品はフィクションです。
登場する人物・団体などはすべて架空のものです。

## 冥土ごはん
## 洋食店　幽明軒

伽古屋圭市

東京下町・人形町の「幽明軒」には、閉店後に死者が訪れ、ライスオムレツ、ナポリタン、マカロニグラタン……思いのこした一皿を注文する。成仏できない死者に寄り添う洋食店で起きた五皿の奇跡を描く、最後の晩餐ミステリー。

# かすがい食堂

伽古屋圭市

憧れの映像業界を離れた春日井楓子は、祖母から駄菓子屋「かすがい」を引き継いだ。ネグレクトが原因でまともな食事をとれない少年に出会い、事情を抱える子どもたち限定の食堂を閉店後に始めるが……。好評シリーズ第一弾！

―――本書のプロフィール―――

本書は、小学館文庫のためのオリジナル作品です。

小学館文庫

かすがい食堂《しょくどう》
あしたの色《いろ》

著者　伽古屋圭市《かこやけいいち》

二〇二一年十一月十日　初版第一刷発行

発行人　飯田昌宏
発行所　株式会社 小学館
〒一〇一-八〇〇一
東京都千代田区一ツ橋二-三-一
電話　編集〇三-三二三〇-五九五九
　　　販売〇三-五二八一-三五五五
印刷所――――図書印刷株式会社



この文庫の詳しい内容はインターネットで24時間ご覧になれます。
小学館公式ホームページ　https://www.shogakukan.co.jp


ISBN978-4-09-407081-1